Maty H
et les disparues de l'orphelinat Sainte-Catherine

Maty H
et les disparues de l'orphelinat Sainte-Catherine

Maria Luz A. T.

© 2024, Maria Luz A. T.
Dépôt légal : Novembre 2024
ISBN : 978-2-3225-5853-7
Prix de vente : 10,99 €

Édition : BoD · Books on Demand GmbH, In de Tarpen 42, 22848 Norderstedt (Allemagne)
Impression : Libri Plureos GmbH, Friedensallee 273, 22763 Hamburg (Allemagne)

Chers lecteurs et chères lectrices,

je vous dédie ce nouveau livre et je vous remercie de m'avoir ainsi suivie durant toutes ces années.

Si vous avez aimé la première aventure de Maty H détective privée, dans ce cas vous aimerez peut-être lire sa deuxième aventure, que voici.

Et pour celles et ceux d'entre vous qui écrivent des romans et qui rêvent un jour d'être publié(e)s je ne dirai qu'une chose : il ne tient qu'à vous que votre rêve devienne réalité.

Car il n'y a pas que les maisons d'édition qui peuvent vous éditer.

Prologue

— Bonjour les amis, vous vous souvenez de moi ? Je suis Catarina Lavitana, le magnifique et sculptural mannequin italien.

J'ai dû quitter Rome, où je n'aurais eu pour destin qu'une monotone vie de religieuse, enfermée entre quatre murs à prier du matin au soir. Tout ça parce que j'ai six frères hyperprotecteurs qui ne trouvent personne digne de leur sœur. Non mais vous imaginez une belle fille comme moi n'ayant plus le droit de voir le soleil ? Ce serait vraiment criminel ! En plus, ce n'est pas parce que je serais enfermée dans un couvent que je serais en sécurité. Vous avez vu les jeunes prêtres de maintenant ? En plus d'être jeunes, ils sont mignons et ont le sens de l'humour qui manque tellement aux anciens. Nous serions beaucoup trop de groupies derrière eux ; ce ne sont pas des chanteurs, certes, mais c'est tout comme : ils nous font bien chanter à chacune de leurs messes…

Non, franchement, ç'aurait été un véritable désastre pour l'humanité si j'avais été enfermée. Fort heureusement, j'ai pu échapper à cela grâce au très illustre couturier Jean-Marc Deforge, ma bonne fée en quelque sorte. Sans lui, jamais je ne serais venue à Paris, la Ville Lumière et celle des amoureux.

J'étais alors un magnifique papillon qui ne pensait qu'à une chose, butiner les beaux spécimens qui croiseraient mon chemin. Mais voilà, tout a changé lorsqu'un merveilleux pompier est venu me sortir des filets de la tour Eiffel, dans lesquels je m'étais retrouvée pour aider un petit garçon en mauvaise posture.

En tant que femme, italienne de surcroît, j'ai un tempérament de feu et s'il y a bien une chose que je sais faire à merveille, c'est me mettre dans des situations impossibles. Mais je dirais pour ma défense que ce n'est jamais de ma faute. Comme on dit, ce sont les risques du métier ! Ne suis-je pas détective privée, après tout ?

C'est une vraie vocation pour moi, qui me vaut de merveilleux amis et une famille ne rêvant que d'une chose, me voir renoncer à ce métier pour revenir derrière les fourneaux préparer de délicieux desserts. Mais si j'avais fait ce choix, la palpitante affaire des « disparues de l'orphelinat Sainte-Catherine », qui est ma deuxième grande enquête, n'aurait peut-être jamais été élucidée. Car, cela dit sans fausse modestie, c'est bien grâce à moi que cette affaire a été résolue. Pour être vraiment sincère avec vous, je dois reconnaître que je n'y serais jamais arrivée toute seule ; mes amis étaient toujours là pour m'épauler, heureusement !

Chapitre 1
Alerte enlèvement

Chaque jour, Albert, le laitier, allait livrer de bon matin le lait et le fromage à l'orphelinat Sainte-Catherine. Seulement cette fois-ci, il eut beau sonner et tambouriner à la porte de l'établissement, personne ne vint lui ouvrir.

Trouvant cela étrange, il décida d'aller voir la police pour lui faire part de son inquiétude. Au commissariat du 15ème arrondissement, il demanda à parler au plus haut gradé.

— Ce n'est pas comme ça que ça se passe, monsieur, lui dit-on. Tout d'abord vous devez m'indiquer ce qui vous amène ici, ensuite c'est moi qui vous enverrai à la personne qui s'occupera de votre affaire.

— Mais vous ne comprenez pas ! Je ne suis pas ici pour une simple plainte !

— Raison de plus pour me dire quel est votre problème.

— Je crois qu'il est arrivé un malheur à l'orphelinat Sainte-Catherine !

— Ah ! Et qu'est-ce qui vous fait croire ça ?

— Je n'ai pas arrêté de frapper à la porte et personne n'est venu m'ouvrir, pardi !

— Peut-être que tout le monde est en train de dormir. Allons monsieur, rentrez chez vous ! Vous avez de la chance que je sois de bonne humeur, car sans ça je vous aurais fait passer l'envie de raconter n'importe quoi.

— Mais je suis sûr qu'il s'est passé quelque chose là-bas ! cria le laitier.

Il fit un tel esclandre à l'accueil que l'Inspecteur de service dut sortir de son bureau pour calmer la situation. Il vit deux officiers de police plaquer un homme au mur et le menotter.

— Qu'est-ce qui se passe ici ?

— Personne ne veut m'écouter ! Je vous jure qu'il est arrivé quelque chose à l'orphelinat Sainte-Catherine.

— Écoutez monsieur, vous allez d'abord vous calmer, puis vous me raconterez toute l'histoire dans mon bureau.

— Je peux savoir qui vous êtes ? demanda le laitier.

— Je suis l'Inspecteur Simon Renoir. En temps normal, je travaille sur des affaires criminelles.

— Dans ce cas, vous êtes exactement la personne qu'il me faut.

— Si je vous enlève les menottes, me promettez-vous de rester tranquille ?

— Oui, Inspecteur, je vous le promets. Je veux juste qu'on m'écoute et qu'on me prenne au sérieux.

— C'est exactement ce que j'ai l'intention de faire.

La première chose que fit l'Inspecteur Renoir dans son bureau fut d'enlever ses menottes à Albert et de lui offrir un siège en face de lui.

— Bon, racontez-moi.

— Ce matin, je suis allé comme chaque jour à l'orphelinat Sainte-Catherine, pour y livrer le lait et le fromage, mais personne n'est venu m'ouvrir. Et ne me dites pas vous aussi qu'elles sont peut-être en train de dormir ! Je peux vous assurer que c'est impossible : de jour comme de nuit, il y a toujours des religieuses qui montent la garde afin d'empêcher les fillettes de prendre la poudre d'escampette, ou tout simplement pour éviter l'intrusion d'inconnus dans l'établissement. Cela fait dix ans que je livre cet orphelinat, et c'est toujours la mère supérieure qui vient m'accueillir. Or ce matin, malgré tous les coups que j'ai donnés à la porte d'entrée, celle-ci est restée fermée et on n'entend pas un bruit.

— C'est pour cette raison que vous êtes persuadé qu'il s'est passé quelque chose là-bas ?

— Oui.

— Je dois bien reconnaître qu'après tout ce que vous venez de me dire, je me pose moi aussi quelques questions. Pourquoi n'a-t-on pas ouvert la porte de l'orphelinat ce matin ? Peut-être qu'il ne s'est rien passé, mais je préfère m'en assurer personnellement. Vous pouvez m'accompagner si vous le souhaitez.

— Merci de me prendre au sérieux, Inspecteur.

L'Inspecteur et le laitier montèrent dans un véhicule de police et se rendirent à l'orphelinat Sainte-Catherine. Le chauffeur se gara et s'enquit :

— Inspecteur, avez-vous besoin de moi ?

— Non merci, pas pour l'instant. Je vais juste faire un contrôle de routine ; s'il y a le moindre problème, je reviens vers vous.

L'Inspecteur frappa à la porte d'entrée de l'établissement, mais nul ne vint ouvrir.

— Y a-t-il un autre accès ?

— Non, plus maintenant, depuis que la mère supérieure a fait murer la porte de derrière afin d'empêcher quiconque d'entrer de nuit dans l'orphelinat. Une fois, quelques jeunes complètement soûls s'étaient mis en tête de venir s'amuser avec les jeunes filles de l'établissement. Elle a eu tellement peur que le lendemain, elle faisait condamner cette issue.

— D'accord. J'ai quelques appels à passer et je reviens.

L'Inspecteur retourna à la voiture et demanda par radio un camion de pompiers avec échelle pour l'orphelinat Sainte-Catherine, ainsi que la police scientifique.

— Bien reçu Inspecteur, on vous les envoie sur-le-champ.

— Parfait, je serai à l'orphelinat.

Il dit au jeune policier de bloquer la rue avec son véhicule, et de ne laisser passer que les pompiers et la police scientifique.

— À vos ordres !

— Si jamais vous avez besoin d'aide, demandez-en au central.

Puis il revint auprès du laitier qui attendait impatiemment.

— Alors, qu'est-ce que nous faisons maintenant ?

— En ce qui vous concerne, vous avez fait ce qu'il fallait. Maintenant c'est à moi de prendre la relève et d'ici peu les pompiers seront là pour m'aider. Avec leur échelle télescopique, ils n'auront aucun mal à pénétrer dans l'orphelinat par l'une des fenêtres du premier étage qui, contrairement à celles du bas, ne possèdent pas de grilles. Rentrez chez vous ; si j'ai du nouveau, je vous en informerai. Passez quand même au poste demain car j'ai d'autres questions à vous poser ; vous n'aurez qu'à demander l'Inspecteur Simon Renoir.

— D'accord.

À peine le laitier quittait-il les lieux qu'on entendit au loin la sirène des pompiers.

Une fois sur place, leur chef se renseigna aussitôt :

— Bonjour Inspecteur, à quoi a-t-on affaire aujourd'hui ?

— À vrai dire, je n'en sais rien et c'est pour cette raison que j'ai besoin de vous.

Il se trouve que ce matin personne n'est venu ouvrir les portes de l'orphelinat.

— Et vous craignez qu'il se soit passé quelque chose !

— Je ne veux pas de si bon matin jouer les oiseaux de mauvais augure, mais oui, c'est ce que je crains. Je n'ai pas pu m'en assurer moi-même à cause des grilles qui protègent les fenêtres du bas ; par contre, les fenêtres du premier étage en sont dépourvues. Et je me suis dit qu'avec votre échelle il vous serait plus facile qu'à moi de pénétrer à l'intérieur.

— Ne faut-il pas un mandat ?

— Non pas aujourd'hui, car il s'agit d'assistance à personne en danger j'en ai peur.

— D'accord, si vous en prenez la responsabilité, c'est bon pour moi. Une fois à l'intérieur, nous viendrons vous ouvrir. Espérons que pour une fois, vous ne nous aurez pas fait venir pour rien.

Il fit déplier la grande échelle et demanda qu'Anthony et Marc montent jusqu'au premier étage et casse une des vitres pour entrer dans le bâtiment.

— Lorsque ce sera fait, tenez-vous sur vos gardes car nous ne savons pas à quoi nous attendre. L'un de vous deux viendra nous ouvrir tandis que l'autre jettera un coup d'œil dans chaque pièce.

— Surtout ne touchez à rien ! dit l'Inspecteur Renoir.

— Comme d'habitude ! répondirent Anthony et Marc.

— Je ne crois pas que vous ayez besoin d'arme, mais par pure précaution je voudrais que vous preniez la mienne. Si tout se passe bien, vous me la rendrez lorsque je serai à l'intérieur.

— Vous savez que vous risquez gros si jamais je suis amené à l'utiliser ? dit Anthony.

— Oui je le sais, mais je risque plus si jamais tu es blessé et que je n'ai rien fait pour l'éviter.

— Comment ça ?

— Tu as déjà oublié la réaction de Catarina lorsqu'un des siens est blessé ou en mauvaise posture ? Alors imagine ce qu'elle me fera si cette fois c'est son fiancé qui est blessé. Tu veux vraiment qu'elle me lynche sur la place publique ? Non, sérieusement, je ne sais pas ce qui se passe à l'intérieur et je préfère être prudent. Si j'avais pu entrer en premier, c'est moi qui aurais sécurisé les lieux, mais comme ce n'est pas possible, ce sera à toi de le faire.

— C'est bon, je prends votre arme ; j'espère seulement ne pas en avoir besoin.

Anthony monta le premier à l'échelle, suivi de près par Marc, qui tenait à la main la hache qui leur permettrait de casser la vitre.

Lorsqu'Anthony se trouva stabilisé à quelques mètres d'une des fenêtres du premier étage, il demanda à Marc de lui passer la hache. Pour ne pas être gêné par l'arme, il la passa dans la ceinture de son pantalon, puis il descendit la visière de son casque avant de crier à ses compagnons de s'éloigner du bâtiment pour ne pas recevoir d'éclats de verre sur la tête ou dans les yeux. Il attendit également que Marc ait descendu sa visière pour donner un grand coup de hache au carreau, le faisant ainsi sauter en mille morceaux. Ensuite, il passa son bras pour ouvrir la fenêtre de l'intérieur et entrer dans la pièce en essayant de ne pas se couper.

Il rendit la hache à Marc, reprit l'arme qu'il avait à la ceinture et pénétra dans la pièce avec beaucoup de précaution. Il enleva le cran de sûreté et, tel un policier, sécurisa les lieux.

C'était un immense dortoir, avec trente lits dans lesquels on avait dormi, à en juger par les draps froissés. Seulement il n'y avait pas âme qui vive en dehors du pompier qui venait d'entrer ; il régnait un silence absolu. Marc entra dans la pièce à son tour.

— Qu'est-ce que ça veut dire ? Il n'y a pas un chat ici.

— Je n'en sais rien, mais ça n'annonce rien de bon. Surtout reste bien derrière moi, on ne sait jamais ce qu'on peut trouver dans les autres pièces.

Lentement, Anthony visita le bâtiment. Quand il ouvrit la porte du réfectoire, il vit une vingtaine de religieuses étendues par terre. Il se précipita vers celle qui était le plus près de lui et constata qu'elle était profondément endormie. Il essaya de la réveiller, en vain. En examinant ses yeux vitreux, il comprit immédiatement qu'elles avaient toutes été droguées.

— Pourquoi irait-on droguer des religieuses ? demanda Marc.

— Je n'en sais rien, mais ce qui est bizarre, c'est qu'il n'y ait aucune trace des enfants ; à en juger par le nombre de lits au premier étage, je dirais qu'elles sont trente à manquer à l'appel.

— Pourtant elles étaient bien ici hier soir, sans quoi les lits n'auraient pas été défaits.

— Je suis d'accord avec toi. On n'a pas encore vérifié partout ; peut-être sont-elles dans une autre pièce ?

— Il ne reste plus que le bureau de la supérieure et la cave.

— On commence par le bureau et on termine avec la cave, qu'est-ce que tu en dis ?

— Ça me va, allons-y.

Arrivés devant le bureau de la mère supérieure, ils trouvèrent la porte fermée à clef.

Anthony demanda à Marc de lui donner la hache qu'il portait à la taille.

— Tu vas faire sauter la serrure ?

— Je n'ai pas l'intention d'attendre qu'un serrurier vienne ouvrir ! Imagine que quelqu'un ait besoin de nous juste derrière. Non, je ne prendrai pas ce risque.

Et d'un coup de hache bien placé, Anthony sépara la porte en bois de la serrure qui la maintenait fermée à double tour.

La pièce était dévastée ; elle avait été fouillée et les papiers étaient éparpillés dans toute la pièce. Assise derrière son bureau, immobile, la mère supérieure avait la tête penchée vers l'avant. Anthony alla vers elle, mais le pouls qu'il tenta de prendre au niveau de la carotide ne battait plus. Il souleva sa tête et remarqua que le visage était brûlé par du chloroforme, d'après l'odeur qui s'en dégageait.

— Qu'est-ce que ça veut dire ? demanda Marc.

— Je n'en sais rien mais une chose est sûre, elle a été torturée.

— Qu'est-ce qui te fait dire ça ?

— Regarde ses poignets, ils sont toujours attachés à son siège. Et si tu regardes ses mains tu remarqueras que ses ongles ont tous été arrachés.

— Elle a dû souffrir le martyre ! Comment se fait-il qu'elle n'ait pas été droguée comme toutes les autres ?

— Peut-être qu'elle était dans son bureau à remettre ses papiers en ordre, quand les autres étaient au réfectoire, et du coup elle n'a pas pu être droguée.

— Il nous reste encore la cave à contrôler ; espérons que nous n'y trouverons pas d'autres cadavres.

— Oui, espérons ; quoi qu'il en soit, tu restes bien derrière moi, on ne sait jamais.

— Anthony, qu'est-ce que tu crois qu'il est arrivé aux enfants ? Elles n'ont pas été tuées, n'est-ce pas ? Pas les enfants, dis !

— Non, je ne crois pas, sinon tout le monde l'aurait été, et ce n'est pas le cas.

Anthony ouvrit prudemment la porte qui donnait sur la cave. Et avant même de poser le pied sur la première marche, il fut arrêté par des toiles d'araignées.

— Visiblement, nul n'est passé par ici depuis bien longtemps.

— Mais alors où sont les enfants ?

— Je n'en sais rien, en tout cas elles ne sont plus dans l'orphelinat. Il faut qu'on trouve les clefs de la porte d'entrée.

— À mon avis, la mère supérieure doit les avoir sur elle, ou alors une des religieuses.

— Tu crois qu'il y aurait une gardienne des clefs ?

— Il y en a toujours une dans ce genre d'établissement.

— Dans ce cas il vaudrait mieux qu'on la trouve, car chercher dans le bureau de la mère supérieure risque de mettre plus de fouillis qu'il n'y en a déjà.

— Tu as raison. Allons-y.

Ils retournèrent auprès des religieuses et les fouillèrent jusqu'à ce qu'Anthony identifie enfin la gardienne des clefs. Il prit le trousseau et alla ouvrir la porte de l'orphelinat afin de permettre à l'Inspecteur Renoir et aux autres pompiers d'entrer.

L'Inspecteur fut le premier à franchir les portes de l'établissement et Anthony lui tendit aussitôt son arme :

— La mère supérieure est morte dans son bureau, annonça-t-il, mais il faut que je vous dise qu'elle a été torturée. Et vous trouverez dans le réfectoire vingt religieuses inconscientes. Par contre, les trente jeunes filles ont disparu.

— Est-ce que vous savez où elles sont passées ?

— Je pense qu'elles sont sorties par la porte, vu qu'il n'y a pas d'autre issue.

— Ce qui veut dire que si des gens de l'extérieur se sont introduits dans l'établissement, ils avaient les clefs !

— Je penserais plutôt que la mère supérieure leur a ouvert et que par la suite ils ont pris ses clefs pour sortir.

— Si ça s'avère exact, une des religieuses a dû voir leurs visages.

— Et si les religieuses ont été droguées, c'est que l'une d'elles a mis la drogue dans leur boisson ou dans leur repas.

— Il faut donc trouver laquelle est complice. Il faut aussi qu'on ait une photo de chaque enfant disparue afin de lancer une alerte enlèvement. Et pour ça, on a besoin que les religieuses se réveillent au plus vite pour nous donner ces photos.

— Inspecteur, cette affaire a l'air bien compliquée. Et je crois que vous auriez besoin d'aide.

— Tu penses à Catarina bien sûr ?

— Vous avez été son instructeur ; en plus, elle a déjà résolu une affaire très complexe.

— Je ne pourrais pas faire appel à Catarina même si je le voulais : la police n'engage pas de détective privé. Même si c'est la meilleure dans son domaine. Soit dit en passant, pour mener une enquête, elle a une approche bien particulière qui la met très souvent en danger.

— Mais qui lui permet aussi de résoudre l'affaire. À vous de voir ; j'espère seulement que vous retrouverez les enfants en vie ; sans quoi, ça risque de vous faire une sacrée mauvaise publicité.

— Par contre… dit l'Inspecteur Renoir, une religieuse peut avoir recours à elle… Auquel cas je serais obligé, par courtoisie, de coopérer avec elle, et donc nous devrons échanger nos informations. Mais bien sûr, je ne t'ai rien dit !

— Cela va de soi. Je vous confie la mère supérieure tandis que mes compagnons et moi-même nous chargerons des religieuses.

— Où se trouve son bureau ?

— C'est la porte qui est à votre gauche, au fond du couloir.

— Anthony, pendant que ton équipe sera à l'œuvre, tu voudras bien me faire envoyer la Scientifique, qu'elle fasse des relevés d'empreintes avant qu'on emporte le corps à l'institut médico-légal ; grâce à l'autopsie, nous connaîtrons le jour et l'heure de sa mort. Quant aux religieuses, elles seront conduites à l'hôpital, où elles subiront toute une batterie d'examens ; nous saurons alors quelle drogue leur a été administrée. Mais avant il faut qu'elles nous disent où trouver les photos des orphelines. Donnez-leur tout ce qu'il faudra mais réveillez-les coûte que coûte.

Sur ce l'Inspecteur se rendit au bureau de la mère supérieure, tandis qu'Anthony allait retrouver ses compagnons pour leur faire un compte rendu de la situation.

Le chef des pompiers commenta :

— L'Inspecteur Renoir a beau dire, il est hors de question que je mette en danger qui que ce soit. Si les religieuses sont en état de parler, elles le feront ; sans ça, elles seront transportées d'urgence à l'hôpital. De toute façon, vu le nombre de personnes inconscientes à l'intérieur, je fais venir plusieurs ambulances et voitures de pompiers. Les religieuses seront réparties dans plusieurs hôpitaux, dont la Salpêtrière, l'hôpital Delafontaine et l'hôpital Rothschild.

Après cette mise au point, il entra dans l'orphelinat, suivi de ses hommes. Il évalua l'état de santé de chaque religieuse et ordonna leur transfert immédiat vers les hôpitaux ayant assez de places libres en soins intensifs.

Les ambulances et les voitures de pompiers défilèrent devant l'orphelinat, pour emmener les religieuses vers l'hôpital qui leur avait été assigné, toutes sirènes hurlantes.

L'Inspecteur Renoir vint trouver le chef des pompiers sitôt après qu'il eut fait conduire la dernière religieuse à l'hôpital.

— Mais où sont mes témoins ?

— À l'hôpital ; elles n'étaient pas en état de parler.

— Comment ça, pas en état ?

— Leur pronostic vital était engagé !

— Et merde ! Comment vais-je faire pour diffuser une alerte enlèvement si je n'ai aucune photo à publier ?

— Vous n'avez qu'à interroger les personnes qui vivent non loin de l'orphelinat, je suis sûr que l'une d'entre elles a fait des photos au moment des kermesses.

— Quelles kermesses ?

— Toutes les écoles font une kermesse de fin d'année, cela leur permet de récupérer de l'argent pour pourvoir aux besoins de leur établissement.

— Les orphelinats sont subventionnés par l'État, objecta l'Inspecteur Renoir.

— Il faut bien qu'ils rendent des comptes, tout de même?

— Oui, mais ils n'ont pas à fournir de photos des enfants qui sont sous leur tutelle.

— Dans ce cas, Inspecteur, je ne peux plus rien pour vous.

— À moins que... dit l'Inspecteur à haute voix.

— Vous pensez à quelque chose ?

— Peut-être bien. Merci pour votre aide !

L'Inspecteur se précipita vers le véhicule de police qui l'avait amené pour lancer un appel radio à son commissariat.

— Ce matin, un laitier est passé au poste pour signaler un problème à l'orphelinat Sainte-Catherine. J'ai besoin que vous alliez le chercher et que vous me le rameniez à l'orphelinat.

— Je suis navré, Inspecteur, je crains que ce ne soit pas possible.

— Comment ça, pas possible ! Ne me faites pas le coup du « nous ne sommes pas assez au poste pour aller chercher quelqu'un », ou vous allez m'entendre !

— Ce n'est pas ça, Inspecteur ; le problème, c'est que nous n'avons pas ses coordonnées.

— Comment ça, vous n'avez pas ses coordonnées ! Mais à quoi est-ce que vous servez dans ce cas !

— Monsieur, si vous nous aviez laissé l'arrêter comme prévu, nous aurions ses coordonnées à l'heure qu'il est ! répondit sèchement le policier au téléphone.

L'Inspecteur Renoir était furieux d'apprendre que le seul témoin qui pouvait les aider à identifier les disparues était introuvable. Il demanda alors au policier qui lui avait servi de chauffeur de faire une enquête de voisinage pour découvrir le nom du laitier qui fournissait habituellement l'orphelinat.

— Dès que vous aurez son nom, je veux qu'on aille le chercher et qu'on me l'amène.

— Il y a un problème, Inspecteur ?

— Oui, la vie de trente enfants dépend de la rapidité avec laquelle nous aurons leur identité. Nous avons besoin de cet homme pour qu'il nous décrive les trente disparues.

— Bien Inspecteur, je me charge de trouver cette information au plus vite.

Sur ce, le jeune policier alla voir tous les commerçants de la rue dans l'espoir que l'un d'eux connaîtrait le laitier qui fournissait l'orphelinat. Mais à chaque fois c'était la même réponse :

— Non, désolé, nous ne savons pas qui c'est.

Le jeune policier continua d'interroger les personnes du quartier, hélas la réponse était toujours la même. Il voyait l'heure qui s'égrenait inlassablement sans obtenir de résultat. Jusqu'à ce qu'il croise le chemin d'une jeune collègue, tout juste âgée de vingt-cinq ans, qui mettait des PV le long de la rue. Cette jeune femme était très appréciée de la gent masculine, tant pour sa beauté que pour sa gentillesse. Elle ressemblait plus à un mannequin qu'à une pervenche, et son sens de l'humour faisait que les personnes qui recevaient un PV de sa part n'arrivaient jamais à lui en vouloir.

— Bonjour, Chloé, tu as eu beaucoup de travail aujourd'hui ?

— J'ai déjà mis soixante contraventions depuis ce matin, et vu comme c'est parti, ce n'est pas près de s'arrêter.

— Dis-moi, est-ce que par hasard tu aurais déjà croisé le laitier qui fournit l'orphelinat Sainte-Catherine ? Ça fait des heures que je cherche des informations à son sujet, sans succès. Franchement je ne me vois pas retourner auprès de l'Inspecteur Renoir pour lui dire que je n'ai rien trouvé. La vie de trente enfants dépend de mes recherches.

— Si je t'aide, tu m'en devras une.

— Si jamais tu trouves les renseignements dont j'ai besoin, je t'emmène au restaurant.

— Je vois ! C'est vraiment du sérieux.

— Je ne sais plus du tout à qui m'adresser.

— Bon, dans ce cas je ne te fais plus languir. L'homme que tu cherches s'appelle Albert Durand et il travaille à la Ferme de Normandie, non loin de la forêt de Fontainebleau.

— Tu n'aurais pas son numéro de téléphone par hasard ?

— Si, justement.

En apprenant la nouvelle, il la prit dans ses bras et la souleva de terre en la faisant tournoyer au-dessus de lui.

— Hé là ! Si j'avais su que tu étais aussi démonstratif, je me serais protégée derrière une voiture, car si tu continues à me faire tourner de la sorte, je vais être malade et je ne pourrai pas te donner le numéro de téléphone.

— Oh excuse-moi, mais je suis si heureux que je n'ai pas pu me retenir ! J'espère que je ne t'ai pas fait de mal.

— Non, ça va, je ne suis quand même pas en sucre.

Elle prit son téléphone portable et chercha le numéro de la Ferme de Normandie pour le donner au jeune policier.

— N'oublie pas que tu me dois un resto.

— Je suis de repos samedi ; si ce jour te convient, je passe te prendre après le travail.

— Ce ne sera pas utile, car moi aussi je suis de repos samedi et ma foi je ne serais pas contre une bonne soirée au restaurant.

Le jeune policier se hâta de retourner auprès de l'Inspecteur pour lui donner le numéro de téléphone du laitier.

— Vous avez fait du bon travail, jeune homme.

— Merci, Inspecteur.

L'Inspecteur Renoir appela le central et demanda qu'une voiture aille chercher le laitier sur son lieu de travail et le ramène au plus vite à l'orphelinat Sainte-Catherine.

— Dites-lui que nous avons besoin de lui pour lancer une alerte enlèvement, vous n'aurez aucun problème pour avoir sa coopération.

Après avoir passé son message, il alla retrouver les membres de la police scientifique à l'intérieur de l'orphelinat.

— Alors, qu'est-ce que vous avez à m'apprendre ?

— Pas grand-chose, Inspecteur, si ce n'est que la mère supérieure a été torturée, mais ça, vous le savez déjà. On a cherché à la faire parler, sans résultat.

— Qu'est-ce qui vous fait dire ça ?

— Les tortures qu'elle a endurées et le fouillis qu'il y a dans cette pièce.

— Vous pouvez être plus précis ?

— On lui a arraché les ongles les uns après les autres, et pour éviter que ses cris n'alarment les autres religieuses, on l'a bâillonnée. Comme elle n'a pas livré les renseignements escomptés, on s'est acharné sur elle en la frappant.

— Pourtant elle n'a pas de marques au visage.

— Je n'ai pas dit que c'était au visage.

— Alors ?

— Elle a reçu plusieurs coups au niveau des côtes, d'une telle violence qu'ils ont fini par lui en casser plusieurs ; l'une d'elles est allée se planter en plein cœur, la tuant sur le coup. Ses agresseurs cherchaient quelque chose ou quelqu'un, mais je suis persuadé qu'ils n'ont pas trouvé ce qu'ils cherchaient.

— Et pour les empreintes ?

— Ce n'est pas ce qui manque ici. On en a déjà relevé une bonne centaine. On pourra en éliminer une bonne vingtaine lorsqu'on aura relevé les empreintes des religieuses qui vivent ici.

— Bien, j'attendrai donc votre rapport au commissariat, dès que vous aurez fini bien entendu. Lorsque vous aurez terminé avec cette pièce, j'aimerais que vous alliez inspecter le réfectoire.

— Nous aurons fini dans dix minutes tout au plus.

L'Inspecteur Renoir attendit patiemment dans le couloir que la police scientifique termine son travail dans le bureau de la mère supérieure, puis il entra. Au même moment, le laitier arriva sous bonne escorte.

— Monsieur l'Inspecteur ! cria-t-il. Monsieur l'Inspecteur ! Où êtes-vous ?

— Qu'est-ce qui se passe ? cria Renoir à son tour en sortant du bureau de la mère supérieure. Ah ! Merci d'être venu aussi vite ! ajouta-t-il en apercevant le laitier.

— « Merci d'être venu » ! Non, mais vous plaisantez ! Vos hommes m'ont arrêté et menotté devant mes clients comme un vulgaire voleur !

— Oh ! Je suis vraiment désolé, ce n'était pas dans mes intentions. J'avais bien spécifié qu'on vous amène ici afin de solliciter votre aide pour lancer une alerte enlèvement.

Pour se justifier, les deux policiers qui servaient d'escorte au laitier signalèrent qu'il avait refusé de les suivre.

— C'est normal ! J'avais pris beaucoup de retard pour mes livraisons, et si je ne livre pas le lait et le fromage à mes clients, ils iront se fournir ailleurs. En plus vos hommes ont saccagé toutes mes marchandises en disant que comme ça je n'avais plus rien à livrer et donc aucun empêchement pour les suivre.

— Quoi ! s'exclama l'Inspecteur Renoir furieux, en se tournant vers les deux jeunes policiers. Vous rembourserez toutes les marchandises que vous avez détruites ! Ou vous aurez tous les deux un rapport qui vous suivra pour toujours, plus une plainte pour arrestation abusive et destruction du bien d'autrui.

Les deux policiers savaient qu'ils avaient abusé de leur autorité ; aussi se plièrent-ils à la demande de l'Inspecteur, de crainte surtout de voir entacher leur dossier personnel.

— Maintenant attendez dehors que M. Durand et moi-même ayons terminé notre entretien ; ensuite vous le ramènerez à son véhicule et vous l'escorterez jusqu'à la Ferme de Normandie. Quant à ses marchandises, M. Durand me donnera sa facture et je vous contacterai personnellement afin que vous le remboursiez en une ou plusieurs fois. Maintenant que les choses sont claires, vous pouvez sortir.

Après le départ des deux policiers, l'Inspecteur Renoir se tourna vers le laitier :

— Monsieur Durand, veuillez recevoir mes sincères excuses pour ce qui vous est arrivé.

— Merci d'avoir ainsi pris mon parti, Inspecteur.

— Cela n'aurait jamais dû se produire ; si j'avais relevé votre numéro de téléphone au commissariat, rien de tout cela ne serait arrivé. Je me sens en quelque sorte responsable. Je sais que ce n'est pas une excuse, mais ces deux policiers sont jeunes, tout juste sortis de l'école de police, ils n'ont pas encore appris à se modérer ; mais ça viendra avec le temps.

— Pourquoi m'avez-vous fait amener ici ?

— Parce que la mère supérieure est morte et…

— Oh mon Dieu ! Comment est-ce arrivé ?

— Ça, je ne peux pas vous le dire ; et ce que je vais vous apprendre ne doit pas sortir de cette pièce.

— Bien sûr, vous avez ma parole.

— Les vingt religieuses de l'orphelinat sont actuellement inconscientes et tous les enfants ont disparu. Ce qui veut dire que je n'ai personne pour me faire un portrait-robot de chaque enfant. Je me suis dit que puisque vous leur apportiez le lait et le fromage depuis dix ans, vous aviez peut-être à un moment ou à un autre fait des photos sur lesquelles on pourrait les voir, lors d'une fête de fin d'année ou d'anniversaire par exemple.

— Non Inspecteur, je n'ai aucune photo ; par contre, la mère supérieure, si. À chaque début d'année, elle faisait venir un photographe pour la photo de classe. Elle disait que plus tard elle leur donnerait un exemplaire des photos faites tout au long de leur jeunesse à l'orphelinat, afin qu'elles n'oublient jamais où elles avaient grandi.

— Elles ?

— Oui, c'est un orphelinat pour filles. Vous l'ignoriez ?

— En fait, je croyais qu'il s'agissait d'un orphelinat pour garçons.

— Pourtant je vous ai dit que la mère supérieure avait condamné la porte arrière de l'orphelinat à cause de jeunes gens qui...

— Oui, c'est vrai, mais je n'avais pas vraiment enregistré ce détail. Est-ce que vous sauriez où sont gardées ces photos de classe ?

— Elles sont toutes accrochées au mur du réfectoire. Vous ne les avez pas vues ?

— À vrai dire, je n'ai pas vraiment fait attention lorsque je m'y suis rendu. La seule chose qui m'importait c'était l'état de santé des religieuses.

— Quoi qu'il en soit, la mère supérieure gardait toujours une copie des photos de chaque année dans son bureau, ainsi que les négatifs.

— Sauriez-vous à quel endroit ?

— Bien sûr ; suivez-moi, je vais vous montrer.

En pénétrant dans le bureau de la mère supérieure, le laitier eut tout de suite une exclamation de surprise.

— Ouh là ! Une chatte n'y retrouverait pas ses petits.

— Dites-moi où chercher et je les trouverai.

— Ça, j'en doute, Inspecteur.

— Et pourquoi ça ?

— Parce qu'elles n'y sont plus.

— Comment pouvez-vous dire ça sans même avoir fouillé la pièce ?

— Parce que le dossier est par terre, et qu'il est vide.

— Vous êtes sûr que c'est celui-là ?

— Certain. Mais peut-être qu'avec un peu de chance ils n'auront pas pris les photos qui sont affichées au réfectoire.

— Vous pourriez aller les chercher ?

— Bien sûr.

Moins de cinq minutes plus tard, le laitier revenait avec dans les mains une photo encadrée où figuraient les trente enfants aux côtés des religieuses et de la mère supérieure.

— C'est la dernière en date ?

— Oui.

— Bien. Dans ce cas, il me faudrait le nom et le prénom de chaque personne y figurant.

— Je ne connais pas les noms de famille, juste les prénoms.

— Ce sera très bien. Grâce à vous, je vais enfin pouvoir lancer une alerte enlèvement et avec cette photo, toute la France connaîtra leurs visages et leurs prénoms.

— Ne perdons pas de temps alors : la première s'appelle Marta, la suivante Stéphanie ; après, Angélique, Sylvie, Dorothée, Nicole, Martine, Sonia, Léa, Aurore, Hélène, Suzanne, Danielle, Sabrina, Catherine, Marie-Solange, Annick, Béatrice, Vanessa, Élisa, Cynthia, Maria, Sara, Corinne, Annie, Alberta, Gertrude, Angela, Virginie, et Chantal. Voilà, vous avez tous les prénoms. À présent si vous n'avez plus besoin de moi, je voudrais retourner à ma voiture car il faut que je refasse le plein de marchandises à la Ferme de Normandie pour livrer tous les clients qui n'ont pu l'être ce matin à cause de vos hommes.

— Pas de problème, allez-y. Et encore une fois, merci pour votre aide.

— C'est normal. Vous auriez fait la même chose à ma place.

L'Inspecteur Renoir escorta le laitier jusqu'à la voiture de patrouille, près de laquelle l'attendaient les deux policiers qui l'avaient amené. Il lui serra la main une dernière fois et quitta à son tour les lieux après avoir mis des hommes en faction devant l'orphelinat, avec des consignes strictes.

— Lorsque l'équipe scientifique aura terminé, nul ne devra y pénétrer sans mon accord.

— À vos ordres, Inspecteur.

Il s'en alla porter la photo de classe avec chaque prénom au 36 quai des Orfèvres, afin que le service d'alerte enlèvement qui y avait son QG fasse le nécessaire pour que passent à la télévision les photos de chaque fillette.

Moins d'une heure après, l'alerte enlèvement était lancée. La nouvelle passait en boucle dans les médias :

« Disparition des trente pensionnaires de l'orphelinat Sainte-Catherine, dans le 15ème arrondissement. Assassinat de la mère supérieure et hospitalisation des vingt religieuses qui vivaient sous le même toit et dont le pronostic vital est engagé ! »

L'alerte fut diffusée en France et dans tous les pays de l'Union européenne.

Chapitre 2
Maty H est sur l'affaire

— Tante Gina, tu as besoin de moi en cuisine ?

— Qu'est-ce qui t'arrive mon cœur, tu n'as pas de travail ?

— C'est tout à fait ça ; pour l'instant, c'est le calme plat.

— Tu as déjà résolu tes deux affaires d'adultère ?

— Oui, et je peux te dire qu'avec toutes les photos que j'ai prises et transmises aux avocats de mes clientes, les maris vont devoir payer très cher leur divorce.

— Tu as entendu parler de l'enlèvement des fillettes de l'orphelinat Sainte-Catherine et de la mort de la mère supérieure ?

— Oui et franchement j'aurais bien voulu être sur cette affaire, car au moins je me sentirais plus utile qu'ici. C'est Anthony qui a découvert le cadavre de la supérieure et les vingt religieuses inconscientes.

— Oh ! Ça devait être impressionnant à voir !

— Oui, je suppose. Il a essayé de me faire mettre sur l'affaire, mais l'Inspecteur Renoir n'a pas voulu, sous prétexte qu'en haut lieu, on refuserait d'engager un détective privé.

— Pourtant, c'est lui qui t'a formée et qui t'a fait passer ta licence de détective privé.

— Oh, il a reconnu devant Anthony que j'étais efficace, mais malgré ça il ne peut rien pour moi.

Tandis que la nièce et la tante discutaient dans le restaurant de ce qui s'était passé à l'orphelinat, un coursier vint les trouver.

— Bonjour mesdames, puis-je utiliser votre téléphone ? J'ai une lettre à remettre au détective Maty H, seulement je ne peux pas entrer dans l'immeuble.

— Vous n'aurez pas besoin d'appeler, car je suis Maty H, annonça Catarina.

— C'est vrai ? demanda-t-il tout surpris. Vous avez une pièce d'identité qui le prouve ?

— Bien sûr.

Catarina sortit son portefeuille de la poche arrière de son jean et montra sa carte de détective.

— Parfait ; dans ce cas, j'ai deux enveloppes pour vous. Je dois tout d'abord vous donner celle-ci et si vous êtes d'accord avec ce qui est écrit, alors je vous donnerai la seconde.

— En voilà un mystère ! D'accord.

Catarina ouvrit la première lettre et la lut silencieusement, loin de tout regard indiscret.

« Bonjour Madame,

Je sais que vous êtes la meilleure détective privée de Paris actuellement.

Toute femme que vous êtes, votre courage et votre ténacité ont mis à rude épreuve les personnes que vous avez poursuivies dans vos enquêtes.

Aujourd'hui c'est moi qui ai besoin de vous.

Vous avez sans nul doute déjà entendu parler de l'enlèvement des trente pensionnaires de l'orphelinat Sainte-Catherine. Il faut vous dire qu'elles n'ont que trois jours à vivre avant que l'on retrouve dans la Seine leurs corps ou, dans le meilleur des cas, le mien. Je ne peux pas vous dire qui je suis, du moins pas pour l'instant ; mais sachez que la personne qui m'est la plus chère au monde est parmi ces fillettes. Retrouvez-les et je vous serai à jamais reconnaissant. Lorsque les religieuses seront hors de danger, elles pourront certainement vous aider dans vos recherches.

Si vous acceptez cette affaire, demandez au coursier de vous remettre la seconde enveloppe. Vous trouverez à l'intérieur suffisamment d'argent pour couvrir vos frais et régler vos honoraires pour ces trois jours.

Nous sommes aujourd'hui lundi ; ce jeudi, à midi, je devrai me livrer aux ravisseurs au pied de la cathédrale Notre-Dame en échange des trente fillettes enlevées. Si je me rends là-bas, je signe mon arrêt de mort ; mais si je n'y vais pas, ils n'hésiteront pas à tuer les enfants, et ça, je ne peux l'admettre.

Vous êtes mon dernier espoir. Puissiez-vous accepter cette affaire et retrouver les fillettes à temps. Que Dieu vous vienne en aide pour cette tâche.

Croyez en mon éternel dévouement. »

Catarina plia la lettre et la remit dans l'enveloppe avant de revenir vers le coursier.

— J'accepte cette affaire.

— Très bien mademoiselle, voici la deuxième enveloppe. Il vous suffit de signer ce papier et d'y inscrire que vous l'avez reçue en échange de votre accord.

— Pas de problème.

Catarina écrivit ce qu'on lui demandait sur le registre et le coursier lui remit la deuxième enveloppe avant de prendre congé. Celle-ci contenait une liasse de billets de banque.

— Oh mon Dieu ! s'écria Gina, il y a là une véritable fortune !

— Dix mille euros exactement. Mais je ne mériterai cette somme que si je mène à bien le sauvetage des trente fillettes. Et j'ai trois jours seulement pour y arriver.

— Comment ça ?

Catarina sortit la lettre de la première enveloppe et la tendit à sa tante pour qu'elle prenne connaissance du contenu.

— De quoi as-tu peur, Catarina ?

— « Peur » est un grand mot, mais je crains que les choses soient plus compliquées qu'elles n'y paraissent.

— Ce qui veut dire que ça risque de mal tourner !

— Pas si je me tiens sur mes gardes.

— Tu ne commettras pas d'imprudence ?

— Bien sûr que non tante Gina, tu me connais !

— Oui, c'est justement ce qui me fait peur.

— Je ne suis pas seule sur cette affaire ; Anthony, Guillaume et mes amis du commissariat sont là pour m'aider en cas de besoin. C'est l'Inspecteur Renoir qui est chargé de cette affaire.

Le fait de lui rappeler tout cela la tranquillisait un peu.

— Quand comptes-tu te rendre à l'orphelinat ?

— Dès que j'aurai appelé l'Inspecteur. Car tel que je le connais, il a dû interdire l'accès à l'établissement.

— Je vois. Alors ne perds pas de temps, puisque tu n'as que trois jours pour résoudre cette affaire et retrouver les gamines saines et sauves.

Catarina embrassa sa tante, prit ses deux enveloppes et monta à son bureau de détective situé au sixième étage ; elle appela l'Inspecteur Renoir pour le prévenir qu'elle venait d'être engagée afin de retrouver les trente fillettes de l'orphelinat Sainte-Catherine.

— En voilà une bonne nouvelle ! Un peu d'aide me sera bien utile.

— Est-ce que vous pourriez me faire un rapide compte rendu de la situation ?

— La porte d'entrée de l'orphelinat était fermée à clef de l'intérieur ; la mère supérieure a été torturée à mort, les vingt religieuses ont été droguées et les trente gamines ont été enlevées. Seulement voilà, personne ne les a vues quitter l'orphelinat, ce qui nous laisse à penser que les ravisseurs ont agi durant la nuit.

— Vous avez eu une demande de rançon ?

— Non.

— Vous savez avec quoi les religieuses ont été droguées ?

— Pas encore.

— Que dit le rapport d'autopsie pour la mère supérieure ?

— Je ne l'ai pas encore reçu. Le médecin légiste est actuellement en train d'autopsier le corps.

— J'aimerais me rendre à l'orphelinat et voir la scène de crime.

— Mais tu ne découvriras rien de plus, Catarina.

— Peut-être, mais comme disait un de mes professeurs instructeurs lorsque je passais ma licence de détective privé, un deuxième regard peut mettre au jour un détail qui serait passé inaperçu au premier abord…

— D'accord, je te retrouve à l'orphelinat.

— Ce ne sera pas utile ; en fait, je préfère être seule pour mieux m'imprégner des lieux. Dès que j'aurai tout visité, je viendrai vous voir ; peut-être aurez-vous alors reçu le rapport d'autopsie ainsi que le compte rendu de l'hôpital précisant quelle drogue a été administrée aux religieuses. Je voudrais aussi leur rendre visite.

— Je crains que cela ne serve à rien, car elles n'ont toujours pas repris connaissance. Par contre leur vie n'est plus en danger.

— C'est une bonne nouvelle ! Je sais qu'elles ne pourront rien m'apprendre mais je veux quand même les voir ; où sont-elles hospitalisées ?

— Elles ont été transférées au service des soins intensifs dans trois hôpitaux : la Salpêtrière, Delafontaine et Rothschild.

— Merci pour toutes ces informations, Inspecteur. N'oubliez pas de prévenir les policiers en faction pour qu'ils me laissent entrer dans l'orphelinat.

— Je m'en occupe immédiatement.

Rassurée sur ce point, Catarina prit son appareil photo, sa lampe torche, son canif, des gants en latex pour ne pas laisser d'empreintes, un bloc-notes et un stylo. Équipée de tout son attirail, elle appela Guillaume pour qu'il la conduise à l'orphelinat.

En moins de temps qu'il ne faut pour le dire, le taxi apparut devant le restaurant de Gina. Catarina était toujours très heureuse de revoir Guillaume, car elle se sentait en sécurité à ses côtés.

— Alors ma belle, où dois-je te conduire aujourd'hui ?

— À l'orphelinat Sainte-Catherine.

— Ne me dis pas que tu es sur l'affaire des fillettes disparues !

— Eh si !

— Oh non ! se désola-t-il, car il savait que cela n'annonçait rien de bon ; plutôt des problèmes.

— Mais la bonne nouvelle, c'est que j'ai reçu assez d'argent pour réserver ton taxi trois jours durant.

— Pourquoi trois jours ?

— C'est le temps qui m'est imparti pour résoudre cette affaire. Jeudi à midi, soit je l'aurai résolue, soit tout sera perdu.

— Il nous faudra mettre les bouchées doubles pour réussir.

— Voilà bien mon Guillaume, courageux et prêt à affronter tous les périls.

— J'espère seulement que ce sera moins dangereux que ta première affaire.

— Tu n'as rien à craindre ; si jamais il y a le moindre danger, je t'envoie chercher du secours.

— C'est déjà ce que j'avais fait la première fois, mais ça n'a fait qu'empirer tout au long de l'enquête.

— À peine, dit-elle un sourire aux lèvres. Grâce à ça, tu as quantité de choses palpitantes à raconter aujourd'hui. Sérieusement Guillaume, si tu veux rester en dehors de cette affaire, je le comprendrais parfaitement et je ne t'en voudrais pas. Il suffit que tu me le dises maintenant et j'appelle un de tes confrères.

— Ah ça, sûrement pas ! Personne ne pourra couvrir tes arrières aussi bien que moi.

Sur cette note d'approbation, Catarina proposa à son ami de prendre le petit déjeuner au restaurant avant de partir.

— Ma foi, je ne dis pas non ; comme ça, je pourrai voir ton oncle et ta tante.

À peine franchissait-il la porte du restaurant qu'une exclamation de joie lui parvint ; Gina le prit dans ses bras pour lui souhaiter la bienvenue. Puis elle demanda à son mari de préparer le petit déjeuner de Guillaume.

— Si tu es là, c'est que tu vas aider Catarina dans son enquête, n'est-ce pas ?

— Oui.

— À la bonne heure, me voilà rassurée à présent, car je la sais entre de bonnes mains.

— Ce qui veut dire ? demanda Catarina, quelque peu vexée.

— Ne le prends pas mal ma chérie, mais tu as le chic pour te mettre dans des situations impossibles, et plus d'une fois tu as failli perdre la vie. Le fait de savoir Guillaume à tes côtés te fera peut-être prendre moins de risques.

— Tante Gina, tu sais très bien que ce n'est jamais de ma faute lorsque les choses se gâtent.

— Oui, et c'est ça le pire ! Allons, soyons positifs, tout va bien se passer cette fois-ci ; il ne faudra que trois longs jours pour voir les fillettes revenir.

— Tu vas vite en besogne ; mais, oui, c'est le but recherché.

Dès que Guillaume eut terminé son petit déjeuner, ils se mirent en route. En arrivant à l'orphelinat, ils aperçurent les deux policiers que l'Inspecteur Renoir avait mis en faction pour sécuriser le lieu du crime.

— Espérons qu'il les aura prévenus de mon arrivée et qu'ils me laisseront entrer. Par contre, toi, Guillaume, tu seras obligé de rester dehors.

— Je sais, mais ça ne me dérange pas puisque je sais que l'établissement est vide et donc que tu ne cours aucun danger.

— Ça risque de prendre plusieurs heures !

— J'attendrai ; ne suis-je pas à ton service pour trois jours ?

— Oui, mais si tu as des choses à faire, tu peux y aller pendant que j'inspecte l'intérieur de l'orphelinat.

— Non merci, c'est très gentil de ta part, mais je n'ai rien de mieux à faire pendant ces trois jours que d'être avec toi. Donc en cas de besoin, tu cries, ou tu m'appelles par téléphone. Tu as bien ton portable avec toi, Catarina ?

— Oui Guillaume. Rassuré ?

— Oui ! marmonna-t-il.

— Bon ; à tout à l'heure alors.

Catarina descendit du taxi et alla trouver les deux policiers en faction devant l'orphelinat.

— Bonjour, messieurs. Je suis la détective privée Maty H ; l'Inspecteur Renoir vous a-t-il prévenus de mon arrivée ?

— Oui madame, il nous a dit de vous laisser passer et de nous tenir à votre disposition.

— D'accord, je n'oublierai pas.

Les policiers la firent entrer et refermèrent la lourde porte derrière elle.

Chapitre 3
L'indice caché

— Bon, se dit-elle ; maintenant que je suis dans la place, je vais commencer mon investigation par le premier étage.

Elle mit ses gants en latex, sortit son appareil photo et se rendit dans le dortoir des fillettes. Elle mitrailla toute la pièce, chaque lit, chaque armoire, ainsi que tous les objets qui se trouvaient sur les lits ou dessous.

Ensuite, elle descendit au réfectoire et vit que tout y était parfaitement propre ; pas un verre ou une assiette sale ne traînait. Sur les murs s'alignaient les photos de classe des différentes années. Elle photographia chacune d'elles et remarqua qu'il en manquait une, celle de l'année en cours. Elle supposa que l'Inspecteur Renoir l'avait emportée pour pouvoir diffuser l'alerte enlèvement.

En voyant qu'il n'y avait rien dans le réfectoire, Catarina commença à émettre à voix haute plusieurs conclusions qu'elle inscrivit dans son calepin.

Premièrement :

La personne qui a drogué les religieuses a pris soin d'enlever toute trace de son méfait pour ne pas être suspectée.

Deuxièmement :

Toutes les religieuses ont été droguées après avoir pris leur dîner. Elles ont dû toutes être rassemblées au réfectoire sous la menace d'une arme et contraintes de boire une drogue quelconque.

Car je n'imagine pas les agresseurs transporter les vingt religieuses inconscientes du premier étage au rez-de-chaussée.

Une fois le réfectoire fouillé de fond en comble, Catarina continua son investigation dans la cuisine ; elle inspecta chaque placard ainsi que la chambre froide qui s'y trouvait et ne trouva rien d'anormal.

Elle continua tout aussi minutieusement ses recherches dans les douches, la buanderie et les chambres des religieuses, sans rien trouver de suspect qui aurait pu mettre en cause l'une d'elles.

Elle alla ensuite dans le bureau de la mère supérieure, où le crime avait eu lieu. Elle prit des photos de tous les coins de la pièce, photographia les documents qui traînaient par terre. En y regardant de plus près, elle constata qu'il s'agissait des fiches d'identification des petites pensionnaires, mais elles étaient toutes dépourvues de photo. Les ravisseurs cherchaient sans nul doute la fille de l'homme qui avait engagé Catarina. Mais ils devaient ignorer à quoi elle ressemblait et avaient préféré toutes les enlever pour être certains de ne pas la rater.

Cette certitude en amena une autre, c'est que quelqu'un au sein de l'orphelinat devait connaître l'identité de cette fillette et l'importance qu'elle avait pour d'autres. Il fallait absolument que Catarina prenne contact avec les religieuses afin qu'elles l'aident dans ses recherches.

Alors qu'elle s'apprêtait à quitter le bureau de la mère supérieure, elle marcha sur quelque chose de dur caché sous un tas de fiches. Elle releva lentement son pied et recula ; avec précaution elle souleva chaque fiche et vit juste en dessous un trousseau de clefs. La police scientifique l'avait trouvé elle aussi car il restait dessus de la poudre à empreintes.

Catarina se demanda comment les ravisseurs avaient fait pour entrer dans l'établissement et ressortir en fermant à clef sans utiliser le trousseau de la mère supérieure ni celui de la religieuse responsable des clefs. Qui leur avait ouvert la porte et surtout qui l'avait refermée après leur méfait ?

Après avoir tout passé au peigne fin et tout photographié dans le bureau, elle termina son inspection du rez-de-chaussée. En ouvrant la porte de la cave, elle vit que comme derrière la porte d'entrée, il y avait quantité de toiles d'araignées, preuve que nul n'était descendu depuis pas mal de temps. Une telle négligence, dans un établissement par ailleurs si propre et bien tenu, parut surprenante à Catarina qui, en y réfléchissant, se persuada qu'il s'agissait d'une mise en scène pour cacher quelque chose. Elle retourna à la cuisine chercher un balai et revint à l'entrée de la cave. Se servant de son balai comme d'une arme, elle fit disparaître toutes les toiles d'araignées qui obstruaient le passage. Chaque coup de balai envoyait valser des dizaines d'araignées de toutes tailles. L'impression de mise en scène se renforça lorsqu'elle vit le nombre de mygales sur les lieux ; elle les photographia méticuleusement afin de mieux les identifier plus tard.

Lorsqu'elle appuya sur l'interrupteur pour éclairer la cave, elle se rendit compte que l'ampoule avait été cassée, mais la lumière de sa lampe torche lui permit de descendre l'escalier en toute sécurité. Au bas des marches, elle trouva une poupée de chiffon bien propre, sans trace de poussière ni toile d'araignée.

Elle suivit le long corridor et remarqua que le côté droit du mur était entièrement bouché par des parpaings. Elle toucha le mur et sentit de l'humidité : le ciment était encore frais ; elle poussa les parpaings de toutes ses forces, sans réussir à les faire bouger. Elle remonta chercher l'extincteur qu'elle avait vu dans un coin de la pièce puis redescendit à la cave. Devant le mur en parpaing, elle posa sa lampe torche à terre, prit l'extincteur à deux mains et le lança violemment contre le mur, qui en fut ébranlé. À la troisième tentative, tous les parpaings s'effondrèrent.

Catarina reprit sa lampe et éclaira l'autre côté du mur. Quelle ne fut pas sa stupeur de découvrir les galeries d'une carrière ! Elle enjamba le tas de parpaings pour passer de l'autre côté, éclaira le sol et vit de nombreuses empreintes de pas, qu'elle suivit lentement pendant une bonne demi-heure, pour arriver finalement à une échelle en fer fixée au mur. Avec beaucoup de précaution, elle grimpa le long de l'échelle jusqu'à une plaque d'égout qui bloquait le passage. Au prix d'un grand effort, elle réussit à la soulever avec son épaule et à la pousser sur le trottoir, suffisamment loin pour pouvoir sortir. Une fois dehors, elle regarda tout autour d'elle et reconnut l'église Saint-Antoine-de-Padoue. Elle examina la plaque d'égout qu'elle venait de soulever et vit en relief dessus les lettres IDC, qui étaient les initiales de l'Inspection des Carrières. Elle comprit que les malfaiteurs qui étaient entrés dans l'orphelinat connaissaient l'existence des carrières et le chemin à emprunter pour arriver jusqu'à l'établissement sans que personne ne vienne les déranger ou ne se doute de leur présence sur les lieux.

Catarina savait que peu de personnes connaissaient l'existence des carrières dans Paris et que c'était une nouvelle piste à suivre ; mais elle était consciente que pour mener à bien toutes ses recherches, elle avait besoin d'aide si elle voulait retrouver les petites dans le délai imparti. Elle appela Guillaume.

— Catarina ? Tu as besoin de moi ?

— Oui, viens me chercher devant l'église Saint-Antoine-de-Padoue.

— Comment ça, devant Saint-Antoine-de-Padoue ? Tu n'es pas à l'orphelinat ?

— En fait, plus vraiment ; en fouillant l'établissement, j'ai découvert à la cave un mur récemment construit ; je l'ai fait tomber et de l'autre côté j'ai vu une foule de traces de pas. Je les ai suivies, c'est comme ça que je me suis retrouvée devant cette église.

— Et tu n'aurais pas pu m'avertir que tu quittais l'orphelinat ! Imagine que tu te sois trouvée face aux ravisseurs, tu aurais été en danger et je n'aurais rien pu faire pour t'aider.

— Tranquillise-toi, Guillaume, je savais que je n'avais rien à craindre. Les ravisseurs sont loin, ça aurait été beaucoup trop dangereux pour eux de rester dans les parages, surtout lorsqu'une alerte enlèvement passe en boucle sur toutes les chaînes de télévision.

— Peut-être que tu as raison ; quoi qu'il en soit, tu ne bouges plus et tu attends que j'arrive, c'est bien clair ?

— Limpide ; mais dépêche-toi, en attendant je vais faire un tour dans l'église.

— Dans l'église ?

— Oui, j'ai besoin de me confesser.

— Te confesser ! Ça t'a pris comme ça, tout à coup, au beau milieu d'une enquête ?

— Un petit peu d'aide de là-haut ne serait pas superflu.

— Tu n'as nullement l'intention d'interroger le curé de Saint-Antoine-de-Padoue sur ce qui aurait pu se passer hier soir sur le parvis de son église ?

— Nullement ; comment peux-tu penser une telle chose ? répondit-elle en riant.

Attends-moi en bas des marches de l'église, je ne serai pas longue. D'abord je vais prévenir l'Inspecteur Renoir de mes dernières découvertes, je suis sûre que cela l'intéressera au plus haut point.

Elle raccrocha et appela l'Inspecteur.

— Allô, Inspecteur ?

— Oui, qui est à l'appareil ?

— C'est Catarina.

— Ah oui ! Catarina ! Alors, où en es-tu dans tes recherches ?

— Je sais par où sont passés les ravisseurs pour entrer dans l'orphelinat.

— Quoi ? J'ai bien entendu ? Comment as-tu découvert ça ?

— En fouillant minutieusement chaque pièce. Je suis arrivée à la conclusion qu'ils étaient passés par la cave.

— Mais elle était envahie de toiles d'araignées ; cela prouvait bien que personne n'était passé par là depuis très longtemps.

— C'est ce qu'on voulait nous faire croire, mais les différentes espèces d'araignées qui s'y trouvaient ne venaient pas de chez nous.

— Comment ça ?

— J'ai trouvé des mygales, et pas moins d'une trentaine ; mais je suis sûre qu'il y en a beaucoup plus. J'ai découvert que pour accéder à l'orphelinat, les ravisseurs sont passés par les carrières de Paris. Ils ont emprunté le passage qui se trouve au pied de l'église Saint-Antoine-de-Padoue.

— Bon sang ! Comment ai-je pu laisser passer ça ! dit-il furieux.

— Inspecteur, nous travaillons ensemble sur cette affaire, c'est pour cette raison que je vous fais part de ma découverte. Nous devons nous aider mutuellement si nous voulons avoir une chance de retrouver les fillettes en vie.

— Tu as raison. Je viens te retrouver ; où es-tu ?

— Ce n'est pas utile ; il y a quelque chose de plus important à faire. Il faudrait que vous vérifiiez s'il y a des caméras près de Saint-Antoine-de-Padoue. Si c'est le cas, on aura peut-être la chance d'avoir une image des agresseurs et du véhicule qui a transporté les fillettes à la sortie des carrières. J'aurais aussi besoin d'une copie de la photo de classe que vous avez prise au réfectoire pour lancer l'alerte enlèvement. Avez-vous reçu le rapport d'autopsie pour la mère supérieure ? Ainsi que l'identification de la drogue qui a été donnée aux religieuses ?

— Oui, j'ai tous ces documents dans mon bureau.

— Inspecteur, pourriez-vous m'en faire une copie ? Je sais que je vous demande beaucoup mais si nous allions nos recherches, nous aurons toutes les chances de retrouver les fillettes saines et sauves. Qu'en dites-vous ?

L'Inspecteur Renoir n'était pas très chaud pour communiquer ces documents, mais il savait que Catarina avait une manière très personnelle de découvrir de nouveaux indices. Il se souvenait que lors de sa formation de détective, elle était une élève très performante. Elle résolvait en effet toutes les scènes de crime factices qu'il créait. Par sa manière de réfléchir et de résoudre les énigmes qu'elle avait sous les yeux, elle lui rappelait Sherlock Holmes. Aussi, quoiqu'un peu réticent, il accéda à sa demande.

— Passe au commissariat et nous parlerons de la marche à suivre.

Chapitre 4
Différentes pistes

Guillaume se retrouva bientôt au pied de l'église Saint-Antoine-de-Padoue, à attendre Catarina qui, après son appel à l'Inspecteur, s'était empressée d'aller voir le prêtre responsable de la paroisse. Elle se présenta au père Jacques comme la détective privée Maty H, engagée pour retrouver les fillettes enlevées à l'orphelinat Sainte-Catherine, et lui demanda s'il n'avait rien remarqué de suspect sur le parvis de l'église ces derniers jours.

— Maintenant que vous le dites, je me rappelle avoir vu un camion de travaux publics de la Ville de Paris. Je suis même allé voir les agents pour leur demander ce qu'ils avaient l'intention de faire car, je dois bien vous l'avouer, j'avais peur qu'il empêche mes paroissiens d'accéder à l'église. Ils m'ont rassuré en me disant que les travaux ne dureraient que quarante-huit heures tout au plus. Ils m'ont dit avoir des réparations à faire sur le réseau d'eau potable : la fuite se situait au niveau de la nappe phréatique et il fallait la colmater au plus vite avant qu'elle ne devienne plus importante et qu'elle ne fragilise les soubassements.

— Est-ce que vous saviez qu'ils allaient faire ces travaux dans les carrières ?

— Bien sûr ; ce n'est pas tous les jours que je vois des travaux devant l'église, et encore moins dans les carrières ; je reconnais que ça m'a surpris, mais l'explication qu'ils m'ont donnée m'a complètement rassuré. Pourquoi me posez-vous toutes ces questions ? Est-ce qu'ils m'auraient menti ?

— J'en ai bien peur, mon père ; en fait ils cherchaient à faire diversion pour enlever en toute impunité les trente fillettes.

— Oh mon Dieu ! Comment ai-je pu être aussi naïf ?

— Vous n'avez rien à vous reprocher mon père, vous ne pouviez pas savoir. Vous disiez avoir discuté avec eux, c'est bien ça ?

— Oui.

— N'auriez-vous pas noté par hasard leur plaque d'immatriculation ?

— Non, et croyez que j'en suis désolé.

— Sauriez-vous dire au moins combien ils étaient ?

— Quatre, d'après mes souvenirs.

— Pourriez-vous les décrire, afin qu'on fasse des portraits-robots ?

— Je crois que oui, mais uniquement pour deux d'entre eux ; je n'ai pas vu le visage des deux autres.

— C'est déjà bien. Accepteriez-vous de me suivre jusqu'au commissariat pour faire établir le portrait-robot de ces deux hommes ?

— Naturellement, à condition que je sois de retour pour l'office.

— Vous le serez, je vous le promets. Dussé-je pour cela vous ramener en personne.

— Dans ce cas, je vous suis.

— Merci mon père, votre aide nous sera précieuse. Un taxi nous attend devant l'église.

Le père Jacques alla prévenir le sacristain de son absence, tout en l'assurant qu'il serait là pour l'office.

Catarina retrouva Guillaume dans la voiture.

— Je n'ai pas été trop longue cette fois-ci ?

— Non, pas du tout ; je profitais justement de ce temps libre pour me détendre un peu en écoutant de la musique. Ton passage au confessionnal t'a été d'un grand secours ?

— Plus que tu ne crois.

— Je suppose que c'est pour ça que le curé t'accompagne ? ajouta Guillaume en désignant le père Jacques qui sortait de l'église.

— Tout à fait. Que veux-tu, les voies du Seigneur sont impénétrables.

— Ce qui veut dire ?

— Que le père Jacques a bien vu deux des ravisseurs et le camion qui a servi à transporter les gamines. Nous allons de ce pas au commissariat faire établir des portraits-robots, et vérifier que le camion de travaux de la Ville de Paris était bien en mission. Il faut se dépêcher car le père doit être de retour pour l'office.

Comme le père Jacques approchait, Guillaume sortit de la voiture.

— Bonjour mon père, permettez que je vous ouvre la portière.

— Merci mon fils ; je vois que vous êtes tous deux bons amis, pourtant je vous sens inquiet.

— C'est exact, mon père. Catarina ici présente a le chic pour disparaître sans prévenir.

— Et cela vous préoccupe au plus haut point.

— Oui, car elle est prête à tout affronter pour mener à bien son enquête.

— Elle a beaucoup de chance d'avoir un ami tel que vous.

— Je dirais plutôt que c'est moi qui ai beaucoup de chance de l'avoir pour amie !

Catarina intervint.

— Je ne voudrais pas vous bousculer, mais plus vite nous partirons, plus vite vous serez de retour.

— C'est parti ! répondit Guillaume en démarrant, et moins d'une demi-heure plus tard ils arrivaient au commissariat où les attendait l'Inspecteur Renoir.

— Bonjour Inspecteur, lança Catarina, permettez-moi de vous présenter le père Jacques Petit, responsable de l'église Saint-Antoine-de-Padoue.

— Bonjour mon père, dit l'Inspecteur en serrant la main du prêtre.

— Le père Jacques vient au commissariat pour nous aider à établir un portrait-robot de deux des ravisseurs qui ont agi à l'orphelinat, et pour nous décrire le camion de travaux publics qui leur a permis de transporter les trente enfants à l'extérieur des carrières. C'est à nous à présent de vérifier que ce camion appartient vraiment à la Ville de Paris, ou s'il a été maquillé.

L'Inspecteur était sidéré de voir qu'en quelques heures à peine Catarina avait fait progresser l'enquête à pas de géant. Elle ajouta :

— Vous avez les documents que je vous ai demandés ?

— Ils sont tous sur mon bureau. Je conduis le père Jacques auprès du spécialiste des portraits-robots et je te les ramène.

— Merci, Inspecteur. Vous avez des caméras près de l'église Saint-Antoine-de-Padoue ?

— Pas précisément, mais il y en a au grand carrefour juste en bas de la rue.

— Ça veut dire que le camion de travaux publics a été filmé lorsqu'il a remonté la rue pour se rendre devant l'église ?

— S'il est passé par là, oui.

— Vous pourriez vous en procurer une photo pour montrer au père Jacques ?

— Ça devrait être possible. Je vais appeler tout de suite et demander qu'on me faxe la photo du camion de travaux publics de la Ville de Paris qui est passé par là il y a deux jours.

— Merci, Inspecteur. J'aurai d'autres choses à vous demander dès que vous serez disponible.

— Je me dépêche de conduire le père Jacques auprès du spécialiste des portraits-robots et je reviens.

Tandis que le père Jacques décrivait les deux individus avec qui il s'était entretenu le jour de l'enlèvement, Catarina était avec l'Inspecteur dans son bureau. Il venait de recevoir par fax la photo du camion qui avait franchi le croisement deux jours avant l'enlèvement.

— Inspecteur, est-ce que vous pourriez avoir l'itinéraire de tous les véhicules de travaux publics qui travaillaient pour la Ville de Paris à cette date et le jour de l'enlèvement ?

— Tu crois vraiment qu'ils auraient utilisé un tel véhicule pour commettre leur méfait ?

— Je n'en sais rien, c'est pour ça que je ne veux rien laisser de côté. Avant de demander quoi que ce soit, je veux être sûre que c'est bien un véhicule de ce type que le père Jacques a vu devant le parvis de son église.

— Et s'il s'agit bien de ce type de véhicule ?

— Il faudra alors retrouver celui qui a servi aux ravisseurs.

— Comment comptes-tu faire ?

— Nous aurons besoin de la police scientifique : il faudrait qu'ils relèvent toutes les empreintes qu'ils pourraient trouver dans les camions.

— Mais c'est un travail colossal ! Et puis les véhicules sont actuellement dispatchés dans toute la ville. Jamais on n'acceptera de me les amener au commissariat.

— J'en suis consciente ; c'est pourquoi ce sera à nous d'aller vers eux, pour faire nos relevés d'empreintes.

— Mais nous ne connaissons pas les empreintes des ravisseurs !

— Certes, mais nous connaissons celles des enfants.

À cet instant, la voix du père Jacques s'éleva dans leur dos, alors qu'ils ne l'avaient pas entendu entrer dans la pièce. Tous deux se retournèrent en sursautant.

— Bon sang, vous nous avez fait une peur bleue !

— C'est exactement ce que m'ont dit les ouvriers des carrières quand j'ai ouvert la porte de leur camion.

— Vous avez quoi ?

— J'ai ouvert la porte de leur camion pour leur parler. Ils étaient en réunion à l'intérieur.

— Je croyais qu'ils étaient dehors lorsque vous leur avez demandé ce qu'ils venaient faire ?

— En fait, deux d'entre eux sont sortis du camion pour me parler. Je venais vous demander : si je vous donnais mes empreintes, pourriez-vous vérifier qu'elles se trouvent sur un des camions ?

— Vous voulez dire que vous avez touché celui qui était devant votre église ?

— Oui, et plusieurs fois.

— Génial ! s'écria Catarina de bon cœur. Merci mon Dieu pour ces bonnes nouvelles. Vous rappelez-vous les endroits exacts où vous l'avez touché ?

— Au début, j'ai regardé par la vitre côté conducteur et j'ai tiré sur la poignée, mais la portière était fermée à clef ; ensuite, je suis allé à l'arrière du véhicule, j'ai touché une fois le camion sur le côté, et une autre fois j'ai tiré de toutes mes forces la poignée de la porte arrière.

— Alors Inspecteur, prenons vite les empreintes du père Jacques et allons vérifier qu'elles figurent sur un des camions de travaux publics de la Ville de Paris.

— J'oubliais, ajouta le père Jacques, voici le portrait-robot des deux hommes avec qui j'ai parlé.

Catarina et l'Inspecteur Renoir s'approchèrent pour regarder de plus près les deux portraits. Il s'agissait de deux hommes d'une quarantaine d'années. Le premier était de race blanche, avec des cheveux bruns frisés, des sourcils fournis et des yeux marron assez rapprochés. Avec son nez épaté et bosselé, il ressemblait à un boxeur ; il avait des lèvres larges et épaisses, une barbe et une moustache qui lui cachaient la moitié du visage ; une particularité toutefois : il lui manquait une dent de devant. Le deuxième portrait représentait un homme aux cheveux bouclés colorés en blond, dont les racines étaient d'un noir de jais ; il avait le teint basané, des yeux verts et des cils peu fournis ; son nez était fin, il avait une balafre sur la joue droite, partiellement camouflée par des favoris, et ses lèvres étaient fines et bien dessinées.

— Avaient-ils un accent particulier ?

— Maintenant que vous en parlez, je dirais que oui, un accent américain.

— Hum, dit Catarina, voilà qui nous ouvre de nouvelles pistes. Merci beaucoup pour votre aide, mon père ; nous allons prendre vos empreintes ; comme ça, nous pourrons vérifier sur quel véhicule elles se trouvent. Vous me certifiez que le véhicule que vous voyez sur cette photo correspond bien à celui qui est resté stationné durant deux jours devant votre église ?

— Absolument.

— Dans ce cas, je peux lancer les recherches, conclut l'Inspecteur Renoir.

— Lorsque vous inspecterez les véhicules, assurez-vous qu'il n'en manque aucun, fit observer Catarina.

— À quoi penses-tu ?

— Si l'un d'entre eux a vraiment servi pour transporter les gamines, je doute qu'il soit actuellement en circulation. Peut-être l'ont-ils caché quelque part pour supprimer toute trace de leur passage, ou vont-ils le faire passer pour volé. Auquel cas il faudra vérifier l'identité des hommes responsables de ce véhicule et vous assurer qu'ils n'ont pas reçu d'argent pour participer à l'enlèvement ou qu'ils ne se sont pas fait porter malades pour ne pas être suspectés lorsqu'on retrouverait leur véhicule.

— Je comprends. Ne t'en fais pas, je mènerai cette enquête minutieusement ; j'ai bien l'intention de découvrir le fin mot de cette histoire. Et toi, pendant ce temps, que comptes-tu faire ?

— Tout d'abord, je vais ramener le père Jacques à sa paroisse ; ensuite, j'irai rendre visite aux vingt religieuses de l'orphelinat.

— Elles n'ont pas encore repris connaissance.

— Ce n'est pas grave ; pour ce qui m'intéresse, ce n'est pas utile. Ensuite, j'irai faire le tour des animaleries sur les quais pour découvrir qui a bien pu acheter autant d'araignées en si peu de temps. Avec un peu de chance, ce sera peut-être un des deux hommes des portraits-robots.

— J'en doute, car il aurait été obligé de présenter sa carte d'identité sur laquelle figurent son nom et son adresse, et nous n'aurions plus qu'à le cueillir.

— Lorsque vous aurez terminé avec le véhicule, il faudra que vous meniez une recherche sur l'Inspection générale des carrières. Ceux qui sont passés par là pour arriver jusqu'à l'orphelinat connaissaient parfaitement les lieux. Ou quelqu'un de l'Inspection les a renseignés, ou c'est une de ces personnes qui aiment visiter les lieux interdits au public.

— Je vois que tu as pas mal de pistes à suivre.

— Oui, mais le reste dépendra de ce qu'on aura découvert ; pour l'instant nous n'avons qu'un début de piste ; plus nous progressons dans nos recherches, plus nous nous rapprochons des ravisseurs. Je dois vous laisser à présent, mais surtout tenez-moi au courant de vos découvertes sur le camion, sur les portraits-robots et sur le personnel de l'Inspections générale des carrières.

— Dès que j'apprends quelque chose, je t'appelle ; de ton côté n'oublie pas d'en faire autant.

Après que le père Jacques eut donné ses empreintes à l'Inspecteur Renoir, il fut ramené à l'église à temps pour l'office. Puis Catarina et Guillaume se rendirent à la Salpêtrière pour voir les six religieuses de l'orphelinat Sainte-Catherine qui y étaient hospitalisées. Trois d'entre elles n'étaient plus au service des soins intensifs, elles venaient tout juste d'être installées dans des chambres doubles pour rester en observation durant vingt-quatre heures, jusqu'à ce que leur organisme ait évacué entièrement la drogue qu'on leur avait fait prendre. Catarina et Guillaume montèrent dans une des chambres.

— Bonjour mes sœurs, je me présente : je suis Maty H, détective privée ; j'ai été engagée pour retrouver les fillettes qui ont disparu de votre établissement ; voici Guillaume, mon ami et ange gardien.

— Bonjour, répondirent faiblement les deux religieuses.

— Je sais que vous êtes très fatiguées, mais voyez-vous, chaque minute qui passe peut me rapprocher des fillettes ; pour ça, j'ai besoin de votre aide. Tout d'abord, me permettez-vous de vous prendre en photo ? J'ai besoin de mettre un visage sur chaque personne de l'orphelinat afin de mieux comprendre ce qui s'est passé. Il me faudrait le nom et le prénom de chaque religieuse. Ensuite lorsque j'aurai toute ces informations, je vous poserai quelques questions sur les évènements de ce funeste jour à l'orphelinat, si vous vous sentez en état de répondre, bien sûr.

— Allez-y, nous ferons de notre mieux.

Catarina prit les deux religieuses en photo et nota sur un calepin les noms de leurs dix-huit compagnes, que lui donnèrent sœur Assomption et sœur Marie-Clarence.

— Sœur Teresa est dans la chambre d'à côté ; par contre les sœurs Catarina, Macarena et Rosario sont toujours en soins intensifs ; aux dernières nouvelles les sœurs Joaquina, Milagro, Nieve et Soledad sont elles aussi en soins intensifs, mais à l'hôpital Delafontaine, où vous trouverez aussi sœur Rafaela et sœur Immaculada dans une chambre double ; dans la chambre d'à côté se trouvent sœur Virginia et sœur Celia.

Quant aux six autres sœurs, elles sont à l'hôpital Rothschild. Elles sont toutes hors de danger et réunies dans trois chambres doubles : dans la première se trouvent sœur Isabel et sœur Ana, dans la deuxième sœur Mercedes et sœur Aurora et dans la troisième sœur Magdalena et sœur Angelina.

— Je vais vous montrer deux portraits-robots : je voudrais savoir si vous avez déjà vu ces deux hommes à un moment donné.

Catarina sortit de son paquet de feuilles les deux portraits-robots établis avec l'aide du père Jacques. Les deux religieuses devinrent blanches comme un linge.

En les voyant pâlir de la sorte, Catarina comprit qu'elle ne s'était pas trompée : les deux hommes que le père Jacques avait vus au pied de son église étaient bien parmi les malfaiteurs.

— Ce n'est pas la première fois que vous voyez ces deux hommes, n'est-ce pas ?

— Ce sont eux qui ont tué la mère supérieure, dit sœur Assomption, les larmes aux yeux.

— Comment le savez-vous ? Vous les avez vus faire ?

— Non, mais ils nous l'ont dit.

— Pourriez-vous me raconter ce qui s'est passé ce soir-là ?

— Comme chaque jour, nous avions fini de faire la classe aux filles et nous allions dîner, lorsque la mère supérieure a reçu un coup de téléphone.

— Savez-vous de qui venait cet appel ?

— Non, mais vu la manière dont elle s'est levée de table, je dirais qu'il devait être très important pour elle.

— Était-elle inquiète ou nerveuse ces derniers temps ?

— Peut-être un peu plus que d'habitude.

— Savez-vous pourquoi ?

— Non je l'ignore.

— Lorsqu'elle est revenue, comment était-elle ?

— Elle n'est jamais revenue.

— Bon. Vous disiez être passées à table ; et ensuite ?

— Nous avons attendu un peu ; comme la mère supérieure ne revenait pas, nous avons dîné et ensuite les petites sont allées prendre leur douche ; une fois en pyjama, elles se sont couchées. Comme chaque soir, nous les avons bordées et embrassées avant de leur souhaiter une bonne nuit.

— Jusqu'à ce moment-là vous n'avez eu aucun problème ?

— C'est ça. Nous sommes toutes redescendues au réfectoire pour donner un coup de main et tout remettre en état pour le lendemain.

— En quoi consistait ce coup de main ?

— Débarrasser la table et tout nettoyer. Ensuite nous nous sommes retirées pour la nuit. C'est alors que des hommes armés ont surgi dans nos chambres pour nous obliger à redescendre au réfectoire.

— Combien étaient-ils ?

— Quatre ou peut-être plus, je n'en sais rien.

— Que voulaient-ils ?

— Ils cherchaient une fillette, mais nous leur avons dit qu'elle ne faisait pas Partie des pensionnaires de notre orphelinat. Ils n'ont pas apprécié notre réponse et c'est alors qu'ils nous ont dit avoir torturé et tué la mère supérieure ; et qu'ils nous feraient la même chose si nous refusions de leur dire la vérité. Mais nous ne savions pas de qui ils parlaient donc nous n'avions pas les réponses qu'ils voulaient.

— Que s'est-il passé ensuite ?

— Un des hommes est allé en cuisine chercher un broc d'eau et un verre. Il nous a forcées à boire le verre d'eau qu'il nous tendait, en nous prévenant qu'il nous tirerait une balle dans la tête si nous refusions de le faire. Nous avons toutes pensé que c'était du poison, mais nous n'avions pas vraiment le choix : entre boire et recevoir une balle dans la tête, il n'y avait pas à hésiter. Nous étions inquiètes pour les petites car nous ne savions pas ce qu'ils allaient leur faire. Si seulement nous avions résisté !

— Si vous aviez résisté, c'est à la morgue que j'aurais pris vos photos ; vous ne pouviez rien contre des hommes armés. Cela n'aurait rien n'aurait changé pour les fillettes. Vous souvenez-vous du nom de celle qu'ils cherchaient ?

— Ils n'arrêtaient pas de nous demander où était Janira, la fille de Michael Angelo.

— Mais nous ne connaissions personne qui s'appelait Janira, intervint sœur Marie-Clarence, et encore moins Michael Angelo. Ils n'ont pas voulu nous croire alors que nous disions la vérité, je vous assure.

— Vous, vous ignorez de qui il s'agit, mais est-ce qu'il en est de même pour les autres ?

— Vous voulez dire que l'une de nous connaissait peut-être la fillette qu'ils cherchaient ?

— C'est ce que je crois, mais je n'en ai pas encore la preuve. Vous disiez qu'ils étaient quatre : deux d'entre eux correspondent aux portraits-robots ; et les deux autres, seriez-vous capables de me les décrire très précisément ?

— Toutes seules peut-être pas ; mais avec l'aide de nos sœurs, je crois que nous devrions y arriver.

— Dans ce cas, je demanderai à l'Inspecteur Renoir de vous envoyer son dessinateur. Encore une question : après que vous avez toutes bu le verre d'eau qu'on vous a donné, que s'est-il passé ?

— Nous avons commencé à nous sentir mal et après nous avons dû perdre connaissance, car je ne me rappelle plus de rien ; je me suis réveillée à l'hôpital et c'est ici qu'on m'a donné des nouvelles des petites et des sœurs qui étaient avec moi à l'orphelinat.

— Ça a dû être très dur pour vous ; pourriez-vous me dire si, lorsque vous sombriez dans un profond sommeil, les hommes ont dit quelque chose qui pourrait nous mettre sur une piste ?

— Non, je ne crois pas ; je me rappelle vaguement que l'un d'eux a téléphoné, et aussi quelques mots comme « fantôme », « Croix-Rouge », mais j'étais dans un autre monde, mon esprit était déconnecté, je ne sais pas vraiment si j'ai entendu ces mots ou si je les ai imaginés.

— Quoi qu'il en soit, vous m'avez beaucoup aidée mes sœurs ; grâce à vous, je vais pouvoir avancer dans mes recherches. Je vais téléphoner à l'Inspecteur Renoir afin qu'il envoie son portraitiste.

— Mademoiselle, vous allez retrouver les fillettes, n'est-ce pas ?

— Je ferai tout ce qu'il faudra pour vous les ramener saines et sauves.

— Nous prierons pour vous.

— Merci, ma sœur. Ah ! J'ai une dernière question à vous poser : la mère supérieure avait-elle de la famille ?

— Je crois qu'elle avait un frère, mais elle n'a jamais été très expansive à son sujet.

— Ah bon ?

— En fait, je ne l'ai jamais vu ; j'ai entendu parler de lui lorsqu'un immense carton plein de livres pour enfants est arrivé un jour à l'orphelinat. Lorsque j'ai demandé qui nous l'avait envoyé, une des sœurs m'a dit que c'était un cadeau du frère de la mère supérieure. Mais lorsqu'elle a donné les livres aux enfants, elle a juste dit que ça venait d'un bienfaiteur.

— Elle était en mauvais termes avec son frère ?

— Je ne crois pas car elle était souriante en donnant les livres aux enfants ; pour une raison que j'ignore, jamais il n'est venu à l'orphelinat et jamais elle ne nous a parlé de lui ; par contre, …

— Quoi ?

— Elle avait un pendentif autour du cou, auquel elle tenait comme à la prunelle de ses yeux ; je me demande si par hasard il n'y aurait pas à l'intérieur une photo de son frère.

— Peut-être ; je vais vérifier. Merci pour votre aide ma sœur, et à bientôt à l'orphelinat.

Catarina quitta la chambre pour aller rendre visite à sœur Teresa dans la chambre d'à côté. Elle se présenta de la même façon qu'elle l'avait fait pour sœur Assomption et sœur Marie-Clarence. Elle posa les mêmes questions et obtint les mêmes réponses. Après que sœur Teresa lui eut donné son accord pour aider la police à dresser les portraits-robots, Catarina prit congé et se dirigea vers les soins intensifs ; elle se présenta au médecin de garde en lui expliquant qu'elle travaillait avec la police et qu'elle avait besoin de photos pour son enquête pour retrouver au plus vite les trente fillettes enlevées à l'orphelinat Sainte-Catherine.

— Si vous avez besoin que l'Inspecteur Renoir vous confirme mes propos, voici sa ligne directe.

À son assurance et à sa manière de parler, le médecin de garde sentit que Catarina disait vrai ; aussi la laissa-t-il prendre des photos des trois religieuses qui étaient dans son service. Son travail terminé, Catarina le remercia et prit congé en lui demandant de l'informer dès que les religieuses sortiraient des soins intensifs. Elle lui donna une de ses cartes de visite et, en sortant, appela l'Inspecteur pour lui dire que trois des religieuses avaient reconnu les hommes des portraits-robots comme étant ceux qui les avaient agressées et qui avaient assassiné la mère supérieure. Elle demanda qu'on envoie quelqu'un à l'hôpital de la Salpêtrière pour faire des portraits-robots des deux autres malfaiteurs.

— Je pars à l'hôpital Delafontaine rendre visite aux sœurs qui y sont hospitalisées. Il serait bien que votre homme y passe aussi. Dès qu'il aura fini à la Salpêtrière, demandez-lui de m'y retrouver, afin que les autres sœurs les identifient et apportent éventuellement des changements. En l'attendant, je ferai une photocopie de ses portraits et je pourrai ainsi les présenter aux sœurs qui sont à l'hôpital Rothschild. Ensuite, j'irai dans les animaleries des quais voir s'il n'y aurait pas eu une importante vente d'araignées ces derniers jours. Lorsque j'aurai tous ces renseignements, je reviendrai au commissariat et nous analyserons nos informations.

Après avoir raccroché, Catarina suivit très exactement son programme. Elle récupéra à l'hôpital Delafontaine les deux portraits-robots que l'officier de police avait dessinés grâce aux religieuses qui se trouvaient à la Salpêtrière.

Avec les quatre portraits en main, Catarina put continuer ses interrogatoires et avoir confirmation des autres religieuses qu'il s'agissait bien des quatre hommes qui avaient tué la mère supérieure et enlevé les pensionnaires.

Certaines se rappelaient vaguement les avoir vus téléphoner, mais sans réussir à savoir de quoi ils parlaient.

Après avoir pris en photo les religieuses dans leurs chambres, Catarina alla trouver le médecin de garde aux soins intensifs, tout comme elle l'avait fait à la Salpêtrière. Lui aussi l'autorisa à prendre des photos.

Catarina et Guillaume s'en furent ensuite à l'hôpital Rothschild rendre visite aux sœurs qui étaient dorénavant dans des chambres doubles du premier étage. Les six religieuses pâlirent elles aussi en apercevant les portraits-robots ; l'une d'entre elles semblait encore plus affectée que les autres ; depuis qu'elle était sortie des soins intensifs et appris l'enlèvement des trente fillettes, elle ne pensait plus qu'à quitter l'hôpital pour se lancer à leur recherche. Le comportement de sœur Mercedes sembla plus qu'étrange à Catarina, qui lui demanda si elle connaissait Janira. En entendant ce prénom, sœur Mercedes se figea quelques secondes pour se ressaisir aussitôt.

— Non, ça ne me dit rien.

— Peut-être avez-vous déjà entendu parler d'un certain Michael Angelo ?

La réaction fut identique. Mais comme précédemment, sœur Mercedes se ressaisit aussitôt.

Catarina fit ses photos comme si de rien n'était ; elle s'apprêtait à partir quand la religieuse la retint par le bras pour lui demander, la voix légèrement tremblante :

— Vous allez tout faire pour retrouver les petites, n'est-ce pas ?

— Oui, ne vous en faites pas, répondit Catarina en tapotant la main qui retenait son bras. Maintenant vous devez vous reposer et surtout ne pas sortir, car si les kidnappeurs vous repéraient, ils pourraient s'en prendre à vous et dans l'état où vous êtes, vous ne pourriez pas vous défendre.

Sœur Mercedes savait qu'elle avait raison et qu'elle devait se résigner à rester dans la chambre jusqu'à ce que les médecins l'autorisent à sortir.

— Dites-moi, avez-vous une piste ?

— Oui, même plusieurs ; je travaille en lien étroit avec la police pour retrouver les fillettes au plus vite. Bon, je dois vous laisser à présent parce que j'ai justement une piste à suivre. Ne vous inquiétez pas, nous nous reverrons dans quelques jours à l'orphelinat.

Catarina prit congé des religieuses et retourna au taxi avec Guillaume.

— Guillaume, tu as vu la réaction de sœur Mercedes ?

— Oui ; je suis certain qu'elle connaît cette Janira et ce Michael Angelo, mais elle ne nous fait pas assez confiance pour nous dire la vérité. C'est sûr qu'en sortant d'ici, elle ne restera pas les bras croisés.

— Je crois que tu as raison, mais ça risque de nous poser plus de problèmes qu'autre chose.

— Où veux-tu que nous allions maintenant ?

— Sur les quais, à la sortie du métro Louvre-Rivoli ; il y a là-bas plusieurs animaleries qui vendent des mygales.

— Tu crois que celles qui se trouvent à l'orphelinat en viennent ?

— C'est une hypothèse comme une autre.

— Allons la vérifier alors.

Dans tous les magasins d'animaux qui s'alignaient le long des quais, Catarina demanda s'ils vendaient des mygales. Chacun avait vendu toutes celles qu'il avait à un habitué, un certain Richard Cop, jeune homme de vingt-cinq ans. Ils lui proposèrent de repasser dans quelques jours, quand ils auraient reçu un nouvel arrivage. Au dernier marchand, Catarina demanda :

— Vous ne sauriez pas où je pourrais joindre ce client ? Peut-être accepterait-il de m'en vendre une.

— Vous pouvez toujours essayer, mais ça m'étonnerait. Je vais quand même vous donner ses coordonnées et vous verrez cela avec lui. Il nous les avait laissées au cas où une autre personne voudrait acheter, échanger ou vendre des mygales. C'est votre cas.

— Pourriez-vous me décrire ce jeune homme ? On n'est jamais assez prudent de nos jours et je ne voudrais pas risquer de mal tomber.

— Oh, mais j'ai justement une photo de lui en vitrine ; il y a quelque temps de cela, il a été interviewé au sujet de son élevage de mygales.

— Vous permettez que je le prenne en photo avec mon portable ?

— Faites donc ; j'espère que vous aurez plus de chance avec lui.

— Oui, je l'espère aussi, il y a si longtemps que je rêve d'avoir ces araignées.

J'ai un varan et des serpents mais mon rêve a toujours été d'avoir des mygales ; maintenant que j'ai passé plusieurs jours à m'occuper de mygales au zoo de Vincennes, chapeautée par les soigneurs du parc bien entendu, je n'ai plus aucune appréhension sur la manière de m'y prendre. J'aurais bien voulu leur en acheter une, mais ils n'ont pas voulu m'en vendre et m'ont dirigée vers vous.

— Je vois que vous n'êtes pas complètement novice, et c'est très bien. Si jamais M. Cop ne voulait pas vous en vendre, revenez nous voir.

— C'est ce que je ferai ; j'espère toutefois que j'en aurai une avant la fin de la journée.

— Je vous le souhaite en tout cas.

— Merci et à bientôt peut-être.

Après une franche poignée de main au marchand, Catarina et Guillaume quittèrent la dernière animalerie et se rendirent au commissariat.

Chapitre 5
La liste des suspects diminue

Catarina alla trouver l'Inspecteur Renoir afin d'éliminer quelques suspects de leur longue liste.

— Bonsoir Inspecteur ; avez-vous avancé dans vos recherches ?

— Oui, les ravisseurs ont bien utilisé un des camions de travaux publics de la Ville de Paris, nous y avons effectivement retrouvé les empreintes du père Jacques.

— Qui était supposé conduire le véhicule ces deux derniers jours ?

— En fait, personne ; le véhicule était chez le concessionnaire Renault pour réparation. Il serait tombé en panne au beau milieu de la rue il y a deux jours. Il est paraît-il en attente d'une pièce qui doit arriver aujourd'hui.

— Je suppose que lorsque vos hommes se sont présentés au garage, le camion fonctionnait parfaitement.

— Tout à fait.

— Qui a déclaré la panne du véhicule ? Et qui s'occupait de la réparation ?

— Ce sont deux jeunes qui n'ont aucun casier judiciaire ; ils sont actuellement en salle d'interrogatoire.

— Parfait. Puis-je les interroger ?

— Je ne crois pas que tu obtiendras grand-chose de leur part, mais tu peux toujours essayer.

— Merci Inspecteur ! J'aurais aussi besoin de leur fiche d'identification.

— Pas de problème, la voici.

Catarina entra dans la salle d'interrogatoire avec son gros dossier en mains.

— Bonsoir. Vous êtes Christian Guillet, mécanicien chez Renault, c'est bien ça ?

— Oui, madame.

— On vous a bien lu vos droits avant de vous amener ici ?

— Oui. Mais j'ignore pourquoi je suis ici.

— Je vois ; donc vous ignorez que vous êtes ici pour complicité de meurtre sur une religieuse, tentative d'empoisonnement sur vingt autres et enlèvement de trente fillettes.

— Hé là, attendez une minute, je n'ai rien fait !

— N'oubliez pas qu'il reste encore une dizaine de religieuses toujours inconscientes en soins intensifs. Si jamais elles venaient à mourir, ce n'est pas un meurtre que vous auriez sur le dos, mais bien plus ; sans compter que s'il arrive malheur aux fillettes, les détenus qui partageront vos cellules ne vous laisseront pas vivre bien longtemps. Car s'il y a une chose que les prisonniers détestent au plus haut point, c'est qu'on s'en prenne aux enfants.

— Mais je n'ai rien fait ! répéta le jeune homme, prêt à pleurer.

— Vous avez fait croire que le véhicule que vous deviez réparer était en attente d'une pièce qui devait arriver aujourd'hui ! Alors qu'en fait, il était en parfait état de marche.

— Oui c'est vrai ! Mais je n'ai rien fait d'autre !

— Ce véhicule que vous avez fourni a servi à transporter les trente pensionnaires enlevées à l'orphelinat Sainte-Catherine.

— Je n'étais pas au courant, je vous le jure !

— Mais vous avez donné ce véhicule à des assassins ! lança Catarina avec violence.

L'Inspecteur Renoir était sidéré de la manière dont elle menait son enquête et de la facilité avec laquelle elle arrivait à faire parler un suspect.

— Je veux savoir combien ils vous ont donné pour être leur complice ! Et je veux leur nom !

— Je ne les connais pas ! C'est Charles qui m'a proposé de me faire de l'argent facile, alors j'ai dit oui. C'est lui qui m'a apporté le véhicule et qui m'a donné l'argent pour que je fasse semblant de ne rien voir lorsqu'ils viendraient récupérer le camion juste avant la fermeture.

— Je suppose que c'est vous qui faisiez la fermeture du garage ces deux derniers jours ?

— Oui.

— Et c'est Charles Masson, membre de l'équipe de travaux publics de la Ville de Paris, qui est le chauffeur du camion ?

— Oui.

— Combien vous a-t-il donné pour fermer les yeux sur l'emprunt du camion ?

— Dix mille euros.

— Dix mille euros pour perdre son travail, avoir un casier judiciaire et finir en prison, c'est peu payé, vous ne croyez pas ? Si vous m'aidez à retrouver ces hommes, ça jouera en votre faveur ; sinon c'est la prison à vie !

— Je vous aiderai ! s'écria le jeune homme. Mais je vous en supplie ne m'enfermez pas à vie dans une prison, ajouta-t-il, des larmes dans la voix.

— Avez-vous vu l'homme qui est venu prendre le véhicule ?

— Oui, mais il n'était pas seul ; Charles était avec lui et c'est à ce moment-là qu'il m'a donné l'autre moitié de la somme.

— Où est cet argent ?

— Chez moi ; je l'ai mis sous mon matelas, vous pouvez aller le prendre si vous voulez !

— Vous nous autorisez à entrer chez vous et à fouiller votre appartement ?

— Oui !

— Bien. Et qui vous a ramené le véhicule ?

— L'homme qui était venu avec Charles.

— Je vais vous montrer des portraits-robots et je veux que vous me disiez si vous reconnaissez un de ces hommes.

Catarina sortit les quatre portraits de son dossier et les posa devant Christian Guillet.

— C'est lui ! dit le jeune homme en montrant du doigt l'un d'entre eux.

— Connaissez-vous son nom ?

— Non madame, je l'ignore.

— Avez-vous déjà vu l'un des trois autres ?

— Non, jamais.

— Bien ; j'espère pour vous que vous ne m'avez pas menti, car je vais de ce pas interroger votre complice.

— Je ne vous ai pas menti, madame.

— Nous le verrons tout à l'heure.

Catarina alla dans la deuxième salle d'interrogatoire, prit place en face du suspect et lui demanda, avant même de commencer l'interrogatoire, si on lui avait lu ses droits.

— Oui, madame.

— Vous êtes bien Charles Masson, le conducteur du camion de travaux publics de la ville de Paris ?

— Oui.

— Savez-vous pourquoi vous êtes ici ?

— Non.

— Je vois. Eh bien, je vous annonce que vous êtes ici pour complicité de meurtre sur la personne de la mère supérieure de l'orphelinat Sainte-Catherine.

— Quoi ? Attendez !

— Plus tentative d'empoisonnement sur vingt religieuses et, pour finir, enlèvement des trente pensionnaires de l'orphelinat.

— Non ! Non ! Je n'ai jamais fait une telle chose.

— Vous devez savoir que c'est la prison à vie qui vous attend ; et si jamais nous ne retrouvons pas en vie les fillettes, ce sont les autres prisonniers qui se chargeront de vous.

— Mais je n'ai rien fait ! cria Charles Masson, effaré, je n'ai rien fait !

— Vous avez simulé une panne pour fournir ce camion à des criminels !

— Je ne savais pas ce qu'ils allaient faire !

— Ah non ? Et vous pensiez qu'ils allaient faire quoi avec le camion ?

— Le type m'a dit qu'il faisait partie de la police des polices et qu'il avait besoin du camion pour surveiller des trafiquants de drogue au sein de la police.

— Et vous avez cru ça ?

— Il m'a montré sa plaque !

— Quelle plaque ?

— Celle de la police des polices.

— Comment peut-on être assez idiot pour croire une telle chose ! Combien vous a-t-il donné pour mettre son plan à exécution ?

— Trente mille euros.

— Trente mille euros pour perdre une place de fonctionnaire et passer le reste de sa vie en prison, vous croyez vraiment que ça en valait la peine ?

— Mais je pensais aider la police !

— Depuis quand la police donne-t-elle de l'argent pour mener une enquête sur des flics véreux ? Non seulement vous avez aidé des criminels, mais en plus vous avez impliqué dans vos magouilles une autre personne.

— Si j'avais su que tout était faux, jamais je n'aurais accepté !

— Où est l'argent que cet homme vous a donné ?

— Chez moi, rangé dans une boîte derrière le frigo. Il reste vingt mille euros car j'en ai donné dix mille à Christian pour qu'il me suive dans cette histoire.

— Grâce à vous il a tout perdu et risque aussi la prison à vie.

— Mais il ne savait pas pourquoi j'avais besoin du camion !

— Vous voulez me faire croire que vous ne lui avez rien dit ?

— C'est la vérité !

— Où avez-vous connu l'homme qui faisait prétendument partie de la police des polices ?

— Il est venu me trouver à la sortie de mon travail.

— Comment pouviez-vous le joindre en cas de problème ?

— Il m'a laissé un numéro de téléphone.

— Vous pouvez me le donner ?

Le jeune homme fouilla dans la poche arrière de son bleu de travail et en sortit un morceau de papier sur lequel était griffonné un numéro de téléphone.

— Je vais vous montrer des portraits-robots et vous allez me dire si vous reconnaissez quelqu'un.

Catarina posa les quatre portraits robots devant le jeune homme, qui désigna la même personne que son camarade peu de temps auparavant.

— Vous êtes sûr de n'avoir jamais vu les trois autres ?

— Oui madame.

— Bien. Je vous laisse à présent, mais vous feriez bien de prier pour qu'on retrouve toutes les fillettes en vie.

— Madame ! Charles Masson lui saisit le bras. Je ne vous ai pas menti, je pensais sincèrement aider la police.

— J'en ferai part au juge. Mais plus rien n'est entre mes mains. Je lui dirai que vous nous avez aidés dans nos recherches en me donnant leur numéro de téléphone.

Lorsque Catarina sortit de la salle d'interrogatoire, elle se trouva face à l'Inspecteur Renoir, qui s'émerveilla des résultats qu'elle avait obtenus.

— Voici le numéro de téléphone que le kidnappeur avait donné à Masson pour rester en contact en cas de besoin. Il faudrait vérifier avec les antennes-relais à quel endroit il se trouve.

— Si le portable est allumé, nous trouverons sans problème ; mais si ce n'est pas le cas, nous ne serons pas plus avancés.

— Croisons les doigts pour qu'il ne soit pas éteint.

L'Inspecteur apporta le numéro de téléphone à l'un de ses hommes, mais celui-ci fut dans l'impossibilité de localiser le portable, apparemment éteint.

— Il s'agit d'un téléphone sans abonnement, impossible de savoir à qui il appartient. Il a dû l'acheter en grande surface, ce qui fait qu'on ne pourra jamais connaître ses nom et adresse.

— Je veux que ce numéro reste sous surveillance et dès que le portable sera allumé à nouveau, je veux qu'on le localise ! Il y va de la vie de trente fillettes.

— Ce sera fait Inspecteur.

— Parfait.

Il revint vers Catarina pour l'informer qu'actuellement le téléphone du ravisseur n'était pas localisable.

— Et pour ce qui est du personnel de l'Inspections des carrières, vous avez appris quelque chose ?

— Oui. Un de nos suspects s'est présenté au bureau de l'Inspection comme un étudiant préparant une thèse sur les carrières de Paris. Il a demandé l'autorisation de visiter différentes carrières et de prendre des photos pour mieux argumenter sa thèse.

— Je suppose qu'on lui en a fait visiter plusieurs ?

— Tout à fait.

— La seule qui nous intéresse pour l'instant, c'est celle qui se trouve sous l'église Saint-Antoine-de-Padoue.

— Il l'a effectivement visitée. Des préposés l'ont accompagné au pied de l'église ; ils ont soulevé la plaque d'égout marquée IDC et sont descendus avec lui dans les carrières par une échelle en fer. Arrivés en bas, ils ont suivi les boulevards des Maréchaux et c'est comme cela qu'ils sont arrivés jusqu'à la cave de l'orphelinat Sainte-Catherine.

— En fait, on lui a montré comment faire. Lorsque le soi-disant étudiant était dans les carrières, a-t-il demandé quelque chose en particulier ?

— Non ; d'après eux, il était très intéressé par l'endroit où il se trouvait, il avait un plan de la ville et il n'arrêtait pas de tracer dessus le chemin parcouru. Il a pris de nombreuses photos, dessiné un plan de la carrière dans laquelle il se trouvait et marqué dessus le nom des rues et des bâtiments se trouvant en surface.

— Ça ne leur a pas paru suspect ?

— Non, car le jeune homme a dit qu'il faisait tout cela pour expliquer dans sa thèse à quand remontait l'époque des carrières. Les photos qu'il prenait, c'était pour renforcer son idée qu'elles étaient en partie dues à l'homme. Il leur a parlé avec tant de passion qu'ils n'ont pas un seul instant douté de ses propos.

— Ce qui veut dire qu'on est sans nul doute en présence d'un géologue.

— S'il ne l'est plus, il l'a été à un moment donné dans sa vie. Du moins c'est l'impression qu'il leur a donnée.

— Voilà donc une autre piste qui s'ouvre à nous et qu'il faut absolument explorer.

Sachant cela, je crois qu'il faudrait à présent consulter des géologues de renom et leur présenter le portrait-robot de notre suspect ; avec un peu de chance, l'un d'eux le reconnaîtra.

— Je me chargerai de ça demain matin car à cette heure-ci toutes les universités sont fermées depuis longtemps. Et toi, Catarina, qu'as-tu appris durant tes recherches ?

— Je suis allée voir toutes les religieuses et j'ai interrogé celles qui étaient hors de danger ; à l'unanimité, elles ont désigné nos deux premiers suspects comme étant les responsables de la mort de la mère supérieure. D'après ce que j'ai appris, ils sont à la recherche d'un nommé Michael Angelo. À première vue, cet homme devait avoir un membre de sa famille à l'orphelinat.

— Qui ?

— Je n'en sais rien pour l'instant ; peut-être une des fillettes, la mère supérieure ou une religieuse. J'espère en apprendre davantage lorsque les religieuses rentreront à l'orphelinat.

— Et pour les araignées ?

— J'ai fait toutes les animaleries des quais de Seine : plus une seule mygale à vendre : toute leur marchandise a été achetée par un certain Richard Cop, un jeune homme d'environ vingt-cinq ans. J'ai bien l'intention d'aller lui rendre une petite visite demain matin pour savoir jusqu'à quel point il est impliqué dans cette affaire. Si jamais je n'en tire rien, je vous appellerai afin que vous le convoquiez au commissariat ; peut-être que sous la menace, il parlera plus facilement.

— D'accord, on fait comme ça. Tu devrais aller te reposer quelques heures, tu as l'air fatiguée. Je suis sûr que tu n'as rien mangé de toute la journée.

— Ma foi, ce n'est pas faux ; en fait, je n'y ai même pas pensé. Dès que j'aurai fini de lire tout le dossier, j'irai me reposer.

— Autant dire que tu ne dormiras pas beaucoup !

Elle ne répondit pas mais eut un charmant sourire en coin qui donnait raison à l'Inspecteur. Elle prit congé et alla retrouver Guillaume qui l'attendait à l'extérieur, tranquillement assis dans son taxi.

— Je suis désolée Guillaume, je t'ai fait travailler toute la journée sans même te laisser le temps de manger quelque chose.

— Ce n'est pas grave ; toi non plus tu n'as rien pris.

— J'étais tellement immergée dans mon enquête que j'ai perdu la notion de temps. Rentrons à présent, je nous préparerai quelque chose à grignoter ; ça te tente ? Tu pourras rester dormir sur le canapé si tu veux.

— Je crois bien que je vais accepter ta proposition.

Satisfaits de leur avancée pour une première journée d'enquête, ils se rendirent chez Gina, dans le 8ème arrondissement.

Chapitre 6
Un plan sur mesure

Après à peine deux heures de sommeil, Catarina se leva pour prendre une bonne douche réparatrice avant de reprendre son enquête.

— Bonjour ma chérie, tu es rentrée bien tard hier soir, lui dit sa tante.

— Oui c'est vrai, mais j'ai si peu de temps pour résoudre cette affaire que je ne peux pas me permettre de perdre une minute. À ce sujet justement, j'ai demandé à Guillaume de passer la nuit ici, car après la journée de travail que nous avons eue, je n'étais pas rassurée de le savoir sur la route.

— Tu as très bien fait. Il a toujours des affaires à lui ici ; ça me rappellera l'époque où il vivait avec nous.

— À cette heure-ci, il doit toujours dormir.

— Eh non, je suis réveillé ! fit une voix dans leur dos.

— Bonjour Guillaume ! dit Gina en se tournant vers lui.

— Bonjour Gina ; je reviens vivre chez toi une fois de plus.

— Et j'en suis très heureuse ; assieds-toi à côté de moi pour prendre ton petit déjeuner ; à moins que tu préfères passer par la salle de bain ?

— Si ça ne te dérange pas, j'aimerais prendre ma douche avant toute chose, pour mieux me réveiller.

— Vas-y, tu trouveras des affaires à toi dans le placard de l'entrée, je les avais laissées là au cas où un jour tu en aurais besoin à nouveau.

— Tu as bien fait ; à tout à l'heure !

— En attendant, je prépare tes tartines.

— Merci Gina, dit-il en l'embrassant.

Pendant qu'elles préparaient le petit déjeuner, Gina et Catarina parlaient de l'affaire en cours.

— As-tu une idée de l'endroit où peuvent se trouver à présent les fillettes ?

— Non, pas encore ; mais je suis certaine qu'elles ne sont pas très loin ; elles sont sûrement encore à Paris, le risque de se faire prendre sur les routes est beaucoup trop grand.

— As-tu des pistes ?

— Des pistes c'est un grand mot, mais je suis en train d'éliminer pas mal de suspects. Et si je ne me trompe pas, je ne vais pas tarder à identifier Michael Angelo.

— En quoi cela va-t-il t'aider à retrouver les ravisseurs ?

— Si je connais son identité, je saurai probablement qui lui veut du mal. De toute façon, j'ai encore deux jours devant moi.

— Ce qui veut dire que vous n'allez encore pas manger aujourd'hui non plus. Je vais vous préparer quelques sandwichs, je vous mettrai du café dans un thermos comme ça vous ne travaillerez pas le ventre vide.

— Tu es une vraie mère tante Gina, dit Catarina en l'embrassant.

Sitôt après le petit déjeuner, Catarina et Guillaume reprirent leur enquête.

— Alors Catarina, par où veux-tu qu'on commence ?

— On va rendre une petite visite à ce Richard Cop, l'éleveur de mygales, ensuite nous irons voir sœur Mercedes à l'hôpital Rothschild.

— Pourquoi veux-tu retourner la voir ?

— Parce qu'elle pourrait bien être la femme de Michael Angelo ; Janira serait alors leur fille.

— Quoi ? Tu veux dire qu'elle ne serait pas religieuse ?

— C'est l'impression que j'ai.

— Et la mère supérieure aurait été au courant ?

— Je crois même que c'est elle qui aurait cautionné le subterfuge. À mon avis, Michael Angelo devait être son frère.

— Comment es-tu arrivée à cette conclusion ?

— En examinant de près les photos et les fiches de chaque enfant et du personnel de l'orphelinat Sainte-Catherine.

— Tu veux dire que tu y as trouvé le nom de la femme de Michael Angelo et que Janira est leur fille ?

— Non, ce serait beaucoup trop simple. En fait, la première chose qui m'a fait penser que sa famille vivait dans l'orphelinat, c'est que la personne qui m'a engagée m'a dit que les religieuses m'aideraient dans mes recherches.

— Ça n'a pas été le cas !

— Certes ; c'est même le contraire et c'est la raison pour laquelle j'ai continué mes recherches. Ensuite, si tu te rappelles bien, sœur Mercedes voulait absolument quitter l'hôpital sur-le-champ et retourner à l'orphelinat. Une telle insistance me pousse à croire qu'une des disparues est quelqu'un de très important pour elle, tout autant que pour mon employeur.

— Tu en déduis qu'il s'agit de leur fille !

— Oui.

— Mais comment sais-tu qu'il s'agit de Janira ?

— Grâce aux photos et aux fiches de renseignements. J'ai remarqué sur la photo que m'a donnée l'Inspecteur, qu'il y avait deux nouvelles venues par rapport aux photos des autres années. J'ai donc consulté les fiches de renseignements de toutes les personnes présentes dans l'établissement et j'ai constaté qu'aucune ne mentionnait de nouvelles venues. Toutes les fiches dataient d'au moins cinq ans, ce qui ne correspondait nullement à la réalité.

— Mais comment as-tu découvert la vérité ?

— Grâce à l'encre, bien sûr : les fiches que la mère supérieure avait remplies il y a cinq ans ont été écrites avec un stylo-plume, alors que deux des fiches de renseignements ont été écrites au stylo bille noir, ce qui ne donne absolument pas le même relief. L'encre du stylo-plume s'est diffusée dans le carton avec le temps, tandis que l'encre du stylo bille, qui est plus récent, n'a pas bougé. De plus elle a appuyé en écrivant sur le carton, ce qui fait que l'écriture marque plus.

— Je vois, dit Guillaume en souriant. Tu n'es sûre de rien.

— En effet, mais mon instinct me dit que je suis sur la bonne voie. J'ai aussi comparé les photos que j'ai prises des religieuses avec celles que l'Inspecteur Renoir m'a données et qui ont servi pour l'alerte enlèvement. J'ai constaté qu'une des fillettes avait les mêmes yeux et le même nez qu'une des religieuses ; c'est là que je me suis dit que c'était sans doute Janira, la fillette que les malfaiteurs cherchaient, et que la religieuse à qui elle ressemblait devait être sa mère. J'ai remarqué aussi que la fillette avait les pommettes et le menton identiques à ceux de la mère supérieure.

— Ce qui veut dire…

— Que c'était sûrement sa tante et que si elle a, ce soir-là, quitté la table précipitamment, c'est probablement à cause d'un appel de son frère, frère qui devait être en mauvaise posture. Je crois qu'il aura voulu mettre sa famille en sécurité ; et quel meilleur endroit qu'un orphelinat dont sa sœur était la directrice ?

— Effectivement ; mais il aurait dû se douter qu'on les retrouverait.

— Absolument ! À présent, il nous faut découvrir sa véritable identité et pour y parvenir je dois retourner auprès de sœur Mercedes, afin qu'elle me dise toute la vérité.

— Tu crois qu'elle te fera assez confiance pour te la dire ?

— Elle n'aura pas vraiment le choix si elle veut les revoir.

— Et pour Richard Cop, qu'as-tu l'intention de faire ? Comment comptes-tu entrer en contact avec lui ?

— Je me présenterai à lui comme étant Maty H, détective privée travaillant sur l'affaire de l'orphelinat Sainte-Catherine. Je tâterai le terrain et si je vois qu'il met peu d'empressement à répondre à mes questions, j'appellerai l'Inspecteur pour qu'il le convoque au commissariat.

— D'accord. Allons donc trouver cet éleveur de mygales. J'espère que tu as son adresse ?

— La voici.

— Eh ben, dis donc, il a de l'argent, celui-là !

— Pourquoi dis-tu ça ?

— Parce que c'est l'adresse d'un quartier résidentiel de la ville d'Écouen. Je ne sais pas à qui nous avons affaire, mais je suis sûr d'une chose : il n'est pas dans la misère. Je ne serais pas étonné d'apprendre que son père est ministre, médecin ou avocat.

— Hum, c'est plutôt embêtant tout ça.

— Pourquoi ?

— Parce que plus leurs parents sont friqués, moins ils sont coopératifs.

— C'est une manière de voir les choses, mais cela peut aussi être tout le contraire ; en général, les gens de la haute n'aiment pas qu'on leur reproche quelque chose, surtout s'il s'agit d'une affaire criminelle.

— Espérons que tu as raison.

Guillaume conduisit Catarina jusqu'à Écouen dans le silence le plus complet, avec en musique de fond les chansons de la comédie musicale « Notre-Dame-de- Paris ». Après une bonne heure de route à cause des bouchons, ils arrivèrent enfin devant un splendide pavillon à deux étages ; comme l'avait dit Guillaume, il se trouvait au cœur d'une zone résidentielle. Catarina descendit du taxi, suivie de près par son ami, qui n'avait nullement l'intention de la perdre de vue. Elle appuya sur la sonnette de la porte et attendit ; comme personne ne venait, elle sonna à nouveau, cette fois-ci en laissant le doigt sur la sonnette jusqu'à ce qu'elle entende quelqu'un crier à l'intérieur :

— Non mais c'est bientôt fini ? C'est pas une heure pour venir déranger les gens ! Et arrêtez donc d'appuyer sur la sonnette !

Un jeune homme d'environ vingt-cinq ans, en pyjama, mal réveillé et les cheveux en bataille, ouvrit la porte.

— Vous êtes bien monsieur Richard Cop ? demanda Catarina le plus calmement du monde.

— Vous devriez le savoir ! lui répondit-il, furieux.

— J'en déduis que vous êtes effectivement Richard Cop. Ce qui veut dire que vous avez dernièrement acheté un certain nombre d'araignées.

Voyant qu'il était toujours furieux et pas le moins du monde disposé à discuter, elle continua à lui débiter les faits.

— Araignées qui ont servi dans l'affaire de l'enlèvement des pensionnaires de l'orphelinat Sainte-Catherine.

— Holà ! Holà ! C'est quoi cette histoire d'enlèvement ? De quoi vous parlez et qui êtes-vous ?

— Je vois que vous êtes enfin prêt à discuter ! Donc, je me présente : je suis Maty H, détective privée, et je travaille avec la police sur l'enlèvement des trente fillettes de l'orphelinat Sainte-Catherine. Je sais que dernièrement vous avez acheté une grosse quantité de mygales, ainsi que d'autres espèces d'araignées qui se sont toutes retrouvées dans les murs de cet orphelinat.

— C'est impossible ! Ce ne sont pas mes araignées !

— Dans ce cas, montrez-moi où se trouvent les vôtres afin que je puisse attester de votre innocence et que vous ne soyez pas inculpé d'association de malfaiteurs, d'enlèvement et de meurtre sur la personne de la mère supérieure de l'orphelinat Sainte-Catherine.

En entendant Catarina énoncer tous ces faits, Richard Cop devint livide et il serait tombé par terre si elle ne l'avait pas retenu par le bras.

— Hé là, mon garçon, tu ferais bien de t'asseoir.

Sans lui laisser le temps de réagir, elle demanda à Guillaume de l'aider en soutenant le jeune homme par l'autre bras, pour le conduire à l'intérieur de la maison. Une forte odeur d'ammoniaque et de moisissure y régnait ; ne sachant trop de quoi il s'agissait, Catarina préféra ne rien dire mais regarda Guillaume dans les yeux pour attirer son attention. Dans le salon, ils remarquèrent quelques terrariums vides. Ils installèrent le jeune homme sur ce qui avait été un superbe fauteuil et servait à présent plutôt de dépotoir, tant il était couvert de cannettes de bière vides, de boîtes à pizza, de morceaux de kebab et de restes de hamburger. Catarina poussa le tout dans un coin du fauteuil et y installa le jeune homme.

— Vous voulez un verre d'eau ?

— Non merci, je me sens mieux à présent.

— Parfait ! Je constate que tous vos terrariums sont vides. Puis-je savoir où se trouvent vos araignées ? Car pour l'instant rien ne prouve que les araignées de l'orphelinat ne soient pas les vôtres !

— J'ai donné toutes mes araignées au laboratoire Kraig Biocraft.

— Le laboratoire Kraig Briocraft ? Quel genre de laboratoire est-ce là ?

— C'est un laboratoire qui travaille sur la conception de matériaux artificiels, en particulier pour l'armée américaine. Les laboratoires veulent utiliser la soie d'araignée, fabriquée par des vers à soie transgéniques auxquels ils ont intégré les protéines d'araignées. Ils veulent utiliser cette soie pour plusieurs applications : tissus de sutures, ligaments artificiels, tendons… Ils vont même utiliser cette soie d'araignée comme armure militaire aux États-Unis. Ils l'ont appelée Dragon Spider Silk ; c'est plus léger que le Kevlar et l'acier, et la résistance est trois fois plus élevée que celle du Kevlar.

Tandis que le jeune homme parlait, Guillaume tapait le nom du laboratoire sur son téléphone, où il put lire mot pour mot les mêmes explications. Il passa le téléphone à Catarina afin qu'elle juge par elle-même.

— Je vois que vous avez bien appris votre leçon, dit-elle à Richard Cop.

— De quelle leçon parlez-vous ?

— Tout le laïus que vous venez de débiter correspond mot pour mot à ce que l'on peut trouver sur Internet.

— Mais je vous ai dit la vérité ! Je travaille pour ce laboratoire !

— Dans ce cas, vous devez avoir un contrat ?

— Bien sûr, je vais vous le chercher.

Encore un peu retourné, le jeune homme se leva et alla prendre dans le buffet de la salle à manger son contrat de travail, qu'il tendit à Catarina.

Elle lut le document et prit une photo pour la montrer plus tard à l'Inspecteur.

— Où se trouve ce laboratoire ?

— À Paris !

— Où exactement ?

— Dans la tour Montparnasse.

— Dans la tour Montparnasse, rien que ça. Vous y avez déjà été ?

— Bien sûr, à chaque fois que je leur apportais des araignées. Ils sont au troisième étage de l'immeuble, vous pouvez aller les voir.

— C'est bien ce que j'ai l'intention de faire, mais je doute de trouver là-bas un laboratoire.

— Pourquoi ça ? Puisque je vous dis que le laboratoire est au troisième étage !

— Je voudrais savoir comment vous êtes entré en contact avec Kraig Biocraft.

— Ils m'ont contacté.

— Comment ?

— En m'appelant sur mon portable, pardi ! Je laisse toujours mes coordonnées aux différentes animaleries de Paris, au cas où quelqu'un serait intéressé par l'achat de mygales ; c'est comme ça qu'ils ont eu mon numéro de téléphone et mon adresse.

— Je vais vous montrer quatre portraits-robots et j'aimerais que vous me disiez si vous avez déjà vu ces individus.

— D'accord.

Catarina prit son téléphone et chercha, dans le dossier Sainte-Catherine qu'elle avait photographié avant d'aller se coucher, les quatre portraits-robots. Elle les présenta au jeune homme.

— Bien sûr que je les connais, dit-il immédiatement ; lui c'est celui qui m'a embauché et qui m'a donné l'argent.

— Quel argent ?

— L'argent pour l'achat des mygales et mon salaire.

— De quelle somme parlons-nous exactement ?

— Il m'a donné trente mille euros.

— Trente mille euros ! Et vous n'avez pas trouvé ça étrange qu'on vous donne autant d'argent ?

— Non, pourquoi ? Le laboratoire voulait une certaine quantité de mygales et ce n'est pas donné.

— Et les trois autres types ?

— Ils travaillent au laboratoire de recherche.

— Vous les avez vus travailler ?

— Bien sûr ! En voilà une drôle de question.

— Vous ont-ils demandé d'autres mygales ?

— Non, pas pour l'instant.

— Se sont-ils manifestés depuis le jour où vous leur avez apporté les mygales ?

— Non ; mais ils m'ont dit qu'ils me contacteraient dès qu'ils auraient besoin d'autres spécimens.

— À quel numéro pouviez-vous les joindre ?

— À celui qui est inscrit en haut de mon contrat.

En regardant le numéro, Catarina remarqua que c'était le même qu'elle avait déjà en sa possession et que la police tenait sous surveillance.

— Madame, je suis innocent de tout ce dont on m'accuse, je vous le jure !

Catarina savait qu'il disait vrai et que c'était une nouvelle piste qui tombait à l'eau ; mais elle se dit que cette location d'appartement à la tour Montparnasse les mettrait peut-être sur une nouvelle piste.

— Je voudrais que vous alliez voir l'Inspecteur Renoir pour faire votre déposition ; je l'avertis immédiatement de votre venue.

— Je ne vais pas avoir de problème, dites ?

— Ça devrait aller ; emmenez avec vous votre contrat, cela servira de preuve à votre décharge.

Catarina s'apprêtait à partir lorsque le jeune homme la retint :

— Vous m'avez dit être détective privée, mais à aucun moment vous ne m'avez montré votre carte.

— C'est exact ; vous auriez dû me la demander avant même que j'entre chez vous. Pour vous prouver ma bonne foi, je vais vous la montrer.

Catarina sortit sa carte et la présenta au jeune homme.

— Est-ce que vous êtes rassuré à présent ?

— Pas vraiment, mais au moins je sais que tout ce que vous m'avez dit est vrai.

— Voici ma carte ; si jamais un de ces hommes ou le laboratoire essaient de vous joindre à nouveau, appelez-moi immédiatement.

— Entendu.

— Je vous laisse à présent car j'ai encore pas mal de pistes à suivre.

Une fois dehors, Guillaume demanda :

— Tu crois vraiment à son histoire ?

— Oui ; il est si imbu de sa personne que pouvoir se vanter devant ses copains de participer à une invention encore plus révolutionnaire que le Kevlar était pour lui une occasion qu'il ne pouvait pas refuser.

— Où veux-tu que nous allions maintenant ?

— À la tour Montparnasse : je voudrais m'assurer que nous ne laissons rien passer.

— Tu penses vraiment que le laboratoire de recherche s'y trouve ?

— Non, pas du tout. Je pense plutôt qu'on a voulu faire croire à ce jeune homme qu'il était en présence d'un laboratoire de recherche, afin d'apaiser ses doutes éventuels ; mais une chose est sûre : le matériel qui a servi pour cette mystification doit bien venir de quelque part. En plus, il y a beaucoup d'argent qui circule dans cette affaire, ce qui me laisse penser que la personne qui recherche Michael Angelo n'a pas de problème de liquidités. Rentrons et voyons jusqu'où nous mènera cette nouvelle piste.

Guillaume et Catarina repartirent vers Paris. Arrivés devant la tour Montparnasse, ils montèrent au troisième étage où ils trouvèrent, accrochée au mur, une pancarte « À louer », avec un numéro de téléphone.

Catarina appela le numéro et tomba sur un certain Martin Lamotte.

— Bonjour monsieur. Je me présente : Maty H, détective privée ; j'aurais quelques questions à vous poser sur une affaire très importante.

— Maty H ! La Maty H qui a découvert l'histoire des tableaux volés ?

— Elle-même.

— Oh ! Ce sera un honneur pour moi de répondre à vos questions. Où voulez-Vous que nous nous retrouvions ?

— Au troisième étage de la tour Montparnasse.

— Mais c'est l'appartement qui est à louer.

— Je sais ; si cela ne vous dérange pas, j'aimerais le visiter.

— Vous voulez louer l'appartement ?

— Non, ce serait bien au-dessus de mes moyens. Je voudrais voir l'intérieur, car il est en rapport avec mon affaire.

— Je dois bien reconnaître que vous m'intriguez, et j'ai hâte d'en connaître le fin mot. Attendez-moi là-bas, j'y serai dans trois quarts d'heure tout au plus.

— Merci monsieur Lamotte ; à tout de suite.

Après avoir raccroché, Catarina prévint Guillaume qu'ils allaient être obligés de patienter trois quarts d'heure.

— Catarina, tu crois qu'il fait partie du complot ?

— Je n'en sais rien, mais nous le saurons sous peu.

— Tu penses qu'on va trouver quelque chose d'intéressant dans cet appartement ?

— Non, pas vraiment. Mais peut-être que ce qu'il nous dira nous mènera sur une nouvelle piste.

Ils attendaient patiemment l'arrivée de M. Lamotte, assis par terre à parler de l'avancée de l'affaire, quand tout à coup les portes de l'ascenseur s'ouvrirent sur un homme d'une soixantaine d'années. Catarina se mit debout et alla à sa rencontre.

— Monsieur Martin Lamotte ?

— Lui-même ; vous êtes Maty H ?

— En effet.

Catarina lui serra la main et lui présenta Guillaume comme son collaborateur.

— Vous disiez avoir des questions à me poser ?

— Oui. Dernièrement vous avez loué cet appartement, n'est-ce pas ?

— C'est exact.

— J'aimerais savoir à qui vous l'avez loué.

— En quoi cela a-t-il de l'importance à vos yeux ?

— Monsieur, je crois que ceux qui vous ont loué cet appartement sont les mêmes que les personnes activement recherchées par la police pour l'enlèvement des pensionnaires de l'orphelinat Sainte-Catherine. Si vous nous aidez dans nos recherches, cela vous mettra à l'abri d'une éventuelle inculpation de complicité de meurtre et d'enlèvement.

— Holà ! Je n'ai rien fait de mal ! J'ai juste loué un appartement.

— À qui l'avez-vous loué ?

— À un jeune cinéaste américain. Il avait besoin de filmer un laboratoire avec vue sur Paris.

— Et c'est ce qu'il a fait ?

— Oui, c'était vraiment bluffant : en quelques heures il a fait de cet appartement un véritable laboratoire.

— Savez-vous où il s'est procuré tout le matériel ?

— Dans un vrai laboratoire, je suppose.

— Est-ce que vous pourriez me donner le nom du cinéaste ?

— Euh… non. Par contre, la MGM pourrait vous le préciser.

— La quoi ?

— La Metro Goldwin Mayer, la grande entreprise de cinéma américaine.

— C'est quoi cette histoire ?

— En fait, il travaille pour eux.

— C'est ce qu'on vous a dit ?

— On n'a pas eu besoin de me le dire, c'est indiqué sur le contrat de location que nous avons signé.

— Je peux voir ce contrat ?

— Bien sûr ; je l'ai justement apporté, car je me suis dit que vous voudriez sans doute le voir.

Le contrat précisait que l'appartement était loué pour un mois, au prix de dix mille euros.

— D'après ce que je lis, l'appartement a été loué pour un mois ; pourtant, vous le remettez à nouveau sur le marché au bout de quelques jours.

— C'est exact ; ils m'ont envoyé un courrier pour me dire qu'ils avaient fini de filmer toutes les scènes de laboratoire et qu'ils n'avaient plus besoin de l'appartement. Ils m'ont dit que j'étais libre de le louer à nouveau si je voulais, mais que cela ne remettait pas en question le contrat qui avait été fait précédemment, et que la somme versée m'appartenait.

— Vous pouvez me montrer cette lettre ?

— Bien sûr ; la voici.

Catarina la lut et remarqua qu'il n'y apparaissait aucun nom ni référence.

— Je suppose qu'ils vous ont payé ces dix mille euros en espèces ?

— Tout à fait.

— Vous savez que d'après la loi, toute somme dont on ne peut retracer la provenance est considérée comme étant du blanchiment d'argent.

— Mais cet argent vient de la banque ! Comme le cinéaste n'avait pas de chéquier, il a dû faire un retrait en espèces pour me payer.

— Vous n'avez pas trouvé que c'était un peu gros comme explication ?

— Mais non ! Il n'avait qu'une carte bleue, et comme elle était personnelle, il ne pouvait pas l'utiliser pour me payer ; en plus il n'avait pas autant d'argent sur son compte.

— Et les chèques de banque, ça sert à quoi à votre avis ? De plus, sur le contrat que vous avez signé, il n'est nullement fait mention de ses coordonnées personnelles.

M. Lamotte commençait à changer de couleur.

— Je vous assure, j'ai vraiment cru que c'était la MGM qui voulait louer mon appartement ! Ils m'ont payé les dix mille euros que je demandais sans chercher à faire descendre le prix.

— Je vais prendre ces documents en photo ; ensuite vous vous rendrez au commissariat dont voici l'adresse et vous demanderez à parler à l'Inspecteur Renoir ; vous lui montrerez ce contrat et cette lettre afin qu'il fasse des relevés d'empreintes. Et vous lui direz de faire de même dans cet appartement. À présent, je voudrais le visiter et m'assurer qu'ils n'ont rien laissé à l'intérieur.

Martin Lamotte ouvrit la porte de l'appartement et laissa Catarina passer en revue chaque pièce. Malheureusement, le ménage avait été fait à fond.

— Ce sont eux qui ont tout nettoyé ?

— Non, c'est une entreprise privée à qui je fais appel après le départ de chaque locataire.

— Ce qui veut dire qu'on n'a aucune chance de trouver quoi que ce soit. Pour ce qui est de l'argent, vous rappelez-vous dans quelle banque le retrait a eu lieu ?

— Non, je suis navré.

— Tant pis. Bon, il faut que je vous laisse car je dois continuer mon enquête.

Quant au matériel de laboratoire, vous n'avez aucune idée d'où il provenait ?

— Non, mais je suppose qu'ils l'ont loué pour le tournage, ou qu'on leur a prêté en échange d'un peu de publicité.

— Seriez-vous capable de reconnaître ce matériel si on vous le montrait sur catalogue ?

— Non ; la seule chose qui m'intéressait à dire vrai, c'était qu'ils signent le contrat et qu'ils me donnent l'argent.

— Je vais vous montrer des portraits-robots et je voudrais que vous me disiez si vous avez déjà vu ces personnes.

Il les reconnut immédiatement et expliqua à Catarina le rôle de chacun.

— C'est avec cet homme que j'ai signé le contrat ; quant aux trois autres, ils travaillaient au laboratoire. Mais comment se fait-il que vous ayez leur portrait ?

— Parce qu'ils sont recherchés pour meurtre et enlèvement.

— Mais je ne le savais pas, sinon jamais je n'aurais fait affaire avec eux !

— Je dois vous laisser. N'oubliez pas d'aller trouver l'Inspecteur Renoir pour faire votre déposition.

Catarina et Guillaume arrivaient au rez-de-chaussée, quand, en passant devant l'agent de sécurité, ils remarquèrent l'écran de contrôle.

— Tu vois ce que je vois ? fit Catarina.

— Oui.

— Ça veut dire que nos suspects ont été filmés ! Je vais demander combien de temps les enregistrements sont conservés.

Catarina se présenta auprès de l'agent de sécurité, qui l'informa que les enregistrements étaient automatiquement effacés au bout de sept jours. Il lui donna l'adresse et le numéro de téléphone du service de sécurité qui s'occupait des enregistrements, ainsi que le nom du responsable. Avec ces données en poche, Catarina et Guillaume rejoignirent leur voiture et allèrent à l'hôpital Rothschild afin de s'entretenir à nouveau avec sœur Mercedes.

Chapitre 7
L'identité de Michael Angelo

Mais sœur Mercedes n'était plus là, elle venait de quitter l'hôpital contre l'avis du médecin. Elle avait signé une décharge avant de sortir.

— Vous auriez dû l'empêcher de partir ! s'énerva Catarina.

— Madame, nous ne pouvons pas retenir quelqu'un contre sa volonté, répondit l'infirmière.

— Oui, vous avez raison, excusez-moi. C'est que j'étais sur le point de faire une grande avancée dans mon enquête, et maintenant c'est fichu.

— Peut-être pas. Avez-vous parlé avec la sœur qui partageait sa chambre ?

— Non, pas encore. Vous avez raison, tout n'est peut-être pas perdu.

Catarina prit congé de l'infirmière et alla trouver la compagne de chambre de sœur Mercedes.

— Bonjour, sœur Aurora, comment allez-vous aujourd'hui ? Sœur Mercedes n'est plus avec vous ? Il lui est arrivé quelque chose ?

— Non, non. Seulement elle ne supportait plus de rester ici à ne rien faire alors que les petites avaient été enlevées.

— Que compte-t-elle faire toute seule ?

— Elle espère les retrouver.

— Vous a-t-elle dit où elle se rendrait en sortant d'ici ?

— Oui, elle devait retourner à l'orphelinat pour chercher un indice qui la mettrait sur leur piste.

— Comment va-t-elle, physiquement ?

— Elle n'est pas très bien.

— Le médecin vous a-t-il dit dans combien de temps vous pourrez quitter l'hôpital ?

— Non, pas encore.

— Merci pour votre aide, sœur Aurora.

— Je vous en prie, c'est normal. Mademoiselle, il faudrait aller chercher sœur Mercedes et la convaincre de revenir ici. Je ne suis pas rassurée de la savoir toute seule dehors.

— Je ferai tout ce que je pourrai.

— Merci !

Catarina rejoignit Guillaume et lui annonça qu'il fallait retourner à l'orphelinat, où sœur Mercedes avait dû aller.

— Tu crois qu'elle est toujours là-bas ?

— Je l'espère, car la suite des évènements dépendra de ce qu'elle me dira.

Sachant qu'il y a des agents en faction devant l'établissement, je doute qu'on la laisse entrer sans en référer à l'Inspecteur Renoir, ce qui devrait prendre un certain temps. En partant du principe qu'elle a pris le métro, on peut considérer qu'elle doit encore être là-bas. Car elle n'a pas pu prendre un taxi sans argent.

— Sans doute ; mais si elle n'a pas d'argent, elle n'aura pas non plus pu prendre le métro.

— Elle a pu frauder sans qu'on l'en empêche. Mais une fois là-bas, il lui faudra attendre qu'un agent en faction veuille bien lui ouvrir les portes de l'orphelinat.

Guillaume appuya sur le champignon pour arriver le plus rapidement possible devant l'orphelinat. Catarina y retrouva l'agent de police qui l'avait laissée entrer le matin précédent.

— Est-ce qu'une religieuse est venue ici ce matin ? lui demanda-t-elle.

— Vous parlez de sœur Mercedes ?

— Oui.

— Elle est actuellement à l'intérieur. L'Inspecteur Renoir m'a dit de la laisser passer.

— Je peux entrer à l'orphelinat, moi aussi ?

— Bien sûr, madame ; mais ne me refaites pas le coup de quitter l'orphelinat par une autre issue, car je n'ai vraiment pas envie de me reprendre un savon.

— Promis ; si je dois sortir, je le ferai par cette même porte.

— De toute façon, mon collègue surveille l'entrée de la cave afin de ne laisser personne entrer ou sortir par là.

— Bonne initiative.

Comme Guillaume n'avait pas, lui, l'autorisation d'entrer, il attendit tranquillement dans le taxi pendant que Catarina cherchait sœur Mercedes dans tout l'orphelinat. Elle la trouva dans le bureau de la mère supérieure, en train de retourner tous les papiers répandus par terre. Elle entra dans la pièce et ferma la porte derrière elle pour que l'agent qui surveillait l'entrée de la cave n'entende rien de ce qui allait se dire.

Sœur Mercedes se releva aussi rapidement que son état de santé le lui permettait lorsqu'elle entendit la porte du bureau se refermer dans son dos.

— Qui êtes-vous ? lança Catarina. Et ne me dites pas que vous êtes sœur Mercedes, car vous n'êtes pas plus religieuse que je ne suis pompier.

— Pardon ?

— La mère supérieure n'était autre que votre belle-sœur et la petite Sabrina, une des pensionnaires, votre fille.

— De quel droit vous permettez-vous de dire une telle chose ?

— La petite a vos yeux et la forme de visage de la mère supérieure. Si vous voulez plus de preuves, je dirai que les fiches vous concernant ont été trafiquées : vous ne pouvez en aucun cas être à l'orphelinat depuis plusieurs années, car ni vous ni la petite

Sabrina n'apparaissez sur aucune des photos affichées au réfectoire, sauf sur celle de cette année. Alors maintenant, ça suffit ! Soit vous jouez cartes sur table avec moi, soit j'appelle l'Inspecteur Renoir et vous lui raconterez toute l'histoire. Alors ? Vous ne voulez pas parler ? Bon je l'appelle.

Catarina prit son portable et commença à composer le numéro.

— Attendez ! C'est bon, je vais tout vous dire. C'est vrai, je ne suis pas religieuse et mon nom n'est pas Mercedes. Je m'appelle Davinia et je suis chasseuse de primes aux États-Unis. La mère supérieure était bien ma belle-sœur et Sabrina est bien ma fille, son vrai nom est Janira.

— Et Michael Angelo est votre mari.

— Oui.

— Pourrais-je connaître à présent sa véritable identité ?

— Au point où vous en êtes, ce n'est plus qu'une question de temps pour que vous le découvriez.

— Temps que je n'ai pas si je veux sauver votre famille.

— Il s'appelle Christophe Masure, il est architecte et c'est vraiment un maître dans son art ; il a travaillé aux quatre coins du monde, pour le Vatican, la Maison Blanche, Buckingham Palace et dans bien d'autres endroits prestigieux. Il a laissé son empreinte dans toute l'Europe et pour les plus hautes personnalités.

— En quoi consiste son travail ?

— Il construit des passages dérobés ou des chambres secrètes afin d'assurer la sécurité des grands de ce monde.

— A-t-il des ennemis ?

— Oui, et plus que je ne saurais dire ; même moi je n'ai jamais eu d'ennemis aussi puissants.

— Comment ça ?

— Comme je vous l'ai dit tout à l'heure, je suis chasseuse de primes, et chaque homme ou femme que je fais mettre en prison ne souhaite qu'une chose : me voir six pieds sous terre. C'est justement pour cela que nous habitons dans le Maine, dans une petite bourgade paisible loin de tout. Mais les ennemis de mon mari sont beaucoup plus dangereux que les miens. Dernièrement il est allé en Azerbaïdjan pour construire une pièce secrète pour le prince Schahriar, sa femme et ses enfants, qui pourraient s'y réfugier en cas d'attaque du palais. Mais voilà, Giafar Salam, le frère du prince Schahriar, a fait enlever mon mari afin qu'il lui révèle comment accéder à la pièce secrète qu'il avait conçue.

— Comment avez-vous appris tout cela ?

— C'est mon mari qui me l'a expliqué, juste avant de me dire de quitter le pays avec notre fille, car notre vie était en danger. Nous savions qu'un jour cela arriverait ; ce jour-là, je devais emmener notre fille à Paris, où ma belle-sœur nous cacherait sous une nouvelle identité dans l'orphelinat qu'elle dirigeait.

— J'en déduis que votre mari a réussi à s'échapper.

— Oui ; mais il ne pouvait pas venir nous retrouver sans nous mettre en danger, c'est pourquoi il prenait de nos nouvelles en appelant ma belle-sœur. Malgré toutes nos précautions, les ennemis de mon mari ont retrouvé notre trace ; Si nous sommes toujours en vie, c'est parce qu'ils ignorent à quoi nous ressemblons, ma fille et moi. C'est pour cette raison qu'ils ont enlevé toutes les pensionnaires de l'orphelinat : ils se sont dit que de cette façon ils étaient sûrs de la retenir prisonnière. Ils savent très bien que mon mari fera tout pour sauver sa fille et qu'il irait même jusqu'à donner sa vie en échange s'il le fallait.

— C'est très exactement ce qu'il a l'intention de faire si jamais je n'arrive pas à retrouver les fillettes avant demain à l'heure fixée par les ravisseurs.

— C'est mon mari qui vous a engagée ?

— Oui et il m'a dit que vous m'aideriez. Je comprends maintenant pourquoi il m'a dit ça. D'après vous, qui sont les criminels qui ont tué votre belle-sœur ?

— Je n'ai jamais vu ces hommes mais je reste persuadée qu'ils travaillent pour le prince Giafar Salam.

— Pourquoi tient-il à connaître le secret du travail réalisé pour son frère ?

— Parce qu'il pourra ainsi lancer une attaque contre lui et les éliminer, lui et sa famille, pour prendre sa place. S'il ignore où s'est réfugié son frère, il n'a aucune chance d'arriver à ses fins.

— Par contre s'il mène à bien son projet, votre époux deviendra aux yeux de tous l'ennemi à abattre, car il aura été responsable de la mort de leur prince.

— C'est tout à fait ça.

— Avez-vous prévenu le prince Schahriar du danger qu'il coure et de la menace qui plane sur votre famille ?

— Non car j'ignore à qui nous pouvons faire confiance.

— Pourquoi ne pas le contacter personnellement ?

— Parce qu'il est impossible de le joindre directement.

— Il n'a pas un numéro de portable ou une adresse électronique ?

— Je suppose que si, seulement je ne les connais pas.

— Votre mari lui a-t-il déjà écrit des e-mails ?

— Oui, je suppose.

— Dans ce cas, il doit avoir son adresse électronique. Est-ce que vous avez la possibilité de regarder le courrier électronique de votre époux ?

— Je pense que oui, mais je n'ai jamais fait une telle chose !

— Et je trouve cela très bien. Seulement aujourd'hui il y va de la vie de votre famille ; c'est pourquoi il faut laisser de côté vos scrupules et chercher dans ces adresses électroniques celle du prince Schahriar.

— Si je trouve son adresse mail, qu'est-ce que je lui dis ?

— Vous n'aurez qu'à me la donner, je me chargerai du message.

— Mais il ne vous connaît pas ; il refusera peut-être de vous lire.

— C'est possible, mais si je ne tente rien, les choses iront bien plus mal pour votre famille. Si le prince est mis au courant de ce qui se passe, il pourra peut-être nous aider.

— Même s'il fait quelque chose, ce sera beaucoup trop tard : il nous reste peu de temps pour retrouver les filles saines et sauves.

— Sans doute, mais il y a une chose que vous oubliez : nul ne connaît son destin à l'avance.

— Vous avez raison ; donnez-moi un ordinateur, je chercherai dans le courrier électronique de mon mari l'adresse mail du prince Schahriar.

— Suivez-moi ; nous allons nous rendre dans le premier cybercafé que nous trouverons. Je suppose qu'il doit bien y en avoir par ici ; si jamais nous n'en trouvons pas, nous irons à mon bureau ; là-bas j'ai tout ce qu'il faut.

— Attendez-moi deux secondes, le temps que je me change.

— Ce ne serait pas prudent. J'imagine que ces hommes doivent surveiller l'orphelinat et si vous sortez d'ici autrement qu'en religieuse, ils pourraient très bien s'en prendre à vous pour mieux faire chanter votre mari.

— C'est un risque que je prendrai ; il est hors de question que je reste ici à attendre qu'on vienne m'annoncer la mort de mon enfant ou de mon mari. Je suis chasseuse de primes et j'utiliserai mes compétences pour retrouver ma fille et faire payer à ces hommes le mal qu'ils ont fait à ma famille. Ce n'est pas habillée en religieuse que je pourrai mener mes investigations et poursuivre ces criminels.

— D'accord Mercedes, allez vous changer, je vous attends.

— Maintenant que vous connaissez toute l'histoire, appelez-moi Davinia car c'est mon nom.

— Entendu. Nous enverrons un message au prince Schahriar puis nous irons trouver l'Inspecteur Renoir au commissariat : je voudrais savoir où il en est dans ses recherches et s'il a réussi à découvrir la véritable identité des hommes qui ont enlevé les fillettes.

Davinia monta au grenier chercher une petite valise cachée parmi des cartons ; elle la prit et l'emporta dans sa chambre afin d'en retirer les vêtements qu'elle portait à son arrivée avant d'endosser le costume de religieuse. Une fois prête, elle retrouva Catarina dans le bureau de la mère supérieure.

— C'est bon, on peut y aller.

— Ça alors, vous êtes vraiment méconnaissable ! C'est incroyable, on dirait une autre personne ; les ravisseurs ne risquent pas de vous reconnaître. Allons retrouver Guillaume à présent.

Catarina et Davinia sortirent de l'orphelinat le plus naturellement du monde, sous le regard perplexe du policier en faction. Il se rappelait avoir laissé passer peu de temps auparavant une religieuse, et il voyait à présent sortir une jeune femme ordinaire. Il n'osa pas lui demander son identité de crainte d'avoir l'air idiot ; aussi la laissa-t-il passer sans rien dire.

— Guillaume, je te présente Davinia, la femme de Christophe Masure, l'homme qui m'a engagée pour retrouver les fillettes enlevées. Il faut que tu saches que la petite Sabrina est leur fille, de son vrai prénom Janira. Et la mère supérieure n'était autre que la sœur de mon client.

— Tu avais donc raison sur toute la ligne.

— En effet. Maintenant nous savons pour qui travaillent les ravisseurs. Pour réussir à mettre la main sur eux, nous allons avoir besoin d'aide. Je t'expliquerai en chemin mais pour l'instant il nous faut un ordinateur. Est-ce qu'il y aurait un cybercafé dans les parages ?

— S'il y en a un, j'ignore où il se trouve.

— Dans ce cas, il faut retourner à mon bureau ; Davinia pourra ainsi trouver l'adresse de l'unique personne capable de nous aider.

— D'accord, allons chez toi ; lorsque tu auras cette adresse, nous irons retrouver l'Inspecteur pour voir ce qu'il a découvert. C'est bien ça, Catarina ?

— Oui, Guillaume, c'est bien ça.

Guillaume conduisit les deux femmes dans le 8ème arrondissement afin qu'elles puissent chercher la fameuse adresse électronique dont elles avaient besoin pour demander de l'aide.

Catarina laissa libre accès à Davinia sur son ordinateur pour qu'elle ouvre le courrier électronique de son mari.

— Il y a tellement d'adresses que j'ignore laquelle correspond au prince Schahriar ; aucune d'entre elles ne porte son nom.

— Dans ce cas, il faut lire le courrier ; il n'y a que comme ça qu'on pourra la trouver. Je sais combien cela vous rebute mais on n'a pas le choix. Si cela vous met trop mal à l'aise, je peux m'en charger.

— Si vous la cherchiez seule, vous perdriez trop de temps.

— Ce n'est pas faux ; faisons-le ensemble donc. Depuis combien de temps votre mari était-il en contact avec le prince Schahriar ?

— En fait à peu près deux ans, bien avant que mon mari ne se rende au Vatican. .

— Deux ans ? Et ils ne se sont pas contactés depuis ?

— Sans doute que si, mais mon mari est en relation avec tant de personnes que je serais bien en peine d'identifier le prince Schahriar.

— Dans ce cas cherchons un courrier qui date de moins de deux ans ; peut-être qu'alors nous arriverons à le trouver. Regardez dans les dossiers que votre mari a créés et où il a gardé les documents.

Elles ouvrirent tous les documents remontant à deux ans et plus, et après une bonne heure de recherche Davinia trouva enfin une correspondance de son mari avec le prince Schahriar.

— Ça y est, j'ai trouvé ! s'exclama-t-elle.

— Vous en êtes certaine ?

— Oui, regardez, c'est signé « Prince Schahriar ».

— Parfait, donnez-moi son adresse et je me chargerai de lui écrire.

— Pourquoi ne pas le faire à partir de cette messagerie ?

— Parce que s'il nous répond, je n'aurai pas la possibilité de le savoir, alors que s'il le fait sur ma boîte mail, je le saurai immédiatement grâce à mon téléphone.

— Je vois. Seulement, il pourrait très bien ne jamais lire votre message.

— C'est pourquoi je le lui enverrai autant de fois qu'il le faudra, et j'ai bien l'intention d'écrire dans le message d'en-tête ce que nous attendons de lui.

Chapitre 8
Un allié de taille

Catarina écrivit l'adresse mail du prince Schahriar sur une feuille avant d'ouvrir sa propre messagerie.

— Comment allez-vous commencer ?

— « Prince Schahriar, vous êtes en danger ; votre frère le prince Giafar Salam a enlevé votre architecte et la famille de celui-ci, car il veut vous éliminer et prendre votre place. De grâce, lisez mon message ! »

— C'est vraiment très bien tourné. Et ensuite ?

— Je vais écrire très exactement ceci :

« Prince Schahriar,

Je suis la détective Maty H, et j'ai été engagée à Paris par votre architecte M. Christophe Masure, pour retrouver les pensionnaires de l'orphelinat Sainte-Catherine qui ont été enlevées par les hommes de main de votre frère, le prince Giafar Salam.

Ces mêmes hommes l'avaient séquestré quelques jours plus tôt aux États-Unis pour tenter de lui extorquer le secret du travail qu'il avait fait pour vous. Comme il a réussi à leur fausser compagnie, ils s'en sont pris à sa famille. Actuellement ils sont à Paris et demain un échange doit avoir lieu entre les fillettes et votre architecte ; si jamais l'échange devait échouer, les ravisseurs jetteraient dans la Seine leurs trente petits corps sans vie.

C'est pourquoi j'ai besoin de votre aide pour les sauver et pour localiser les hommes de main de votre frère.

Prince, ne vous fiez à personne dont vous ne soyez parfaitement sûr. Mon numéro de téléphone est le 06.60.60.88.68. Si je n'ai pas de vos nouvelles avant demain midi, je conclurai que la vie humaine n'a que peu de valeur à vos yeux, auquel cas ce qui pourrait vous arriver ne serait qu'un juste retour des choses.

Mais s'il en est tout autrement, alors nous vous aiderons à mettre les hommes de votre frère hors d'état de nuire.

Si vous voulez de plus amples renseignements au sujet de mon enquête, il vous suffira de me joindre et je répondrai à toutes vos questions sans la moindre réticence. Puissiez-vous prendre la bonne décision, Prince Schahriar !

Sincères salutations.

Maty H, détective privée. »

— Vous croyez qu'il répondra ?

— Je n'en sais rien mais je l'espère sincèrement.

— Que faisons-nous maintenant ?

— Nous allons au commissariat.

— Surtout ne lui dites pas qui je suis et encore moins l'identité de mon mari, sans quoi il arrêtera les recherches et cela signerait sa mort ou celle de ma fille. Je vous en supplie, ne lui dites rien !

— Soyez tranquille, je garderai ces informations pour moi. Pour éviter toute question vous resterez avec Guillaume dans le taxi. J'entrerai seule pour lui parler.

— Et s'il vous demande ce que vous avez appris ?

— Je ne lui parlerai que d'une partie de mes découvertes.

— Il sait que je suis sortie de l'hôpital pour me rendre à l'orphelinat, que maintenant je n'y suis plus et que je ne porte plus les habits de religieuse.

— Je lui raconterai que je vous ai prêté des vêtements pour vous faire sortir de l'orphelinat incognito au cas où les ravisseurs reviendraient s'en prendre à vous, et qu'en attendant le retour des religieuses à l'orphelinat je vous ai confiée à des amis.

— Je vois que vous avez réponse à tout.

— Tout peut-être pas, mais j'improviserai le moment venu.

Après que le message a été envoyé au prince Schahriar, le taxi de Guillaume prit la direction du commissariat. Catarina laissa Guillaume et Davinia dans la voiture et se présenta seule à l'accueil.

— Je viens voir l'Inspecteur Renoir ! annonça-t-elle au policier de permanence.

— Vous pouvez y aller ; il vient juste d'arriver et vous attend dans son bureau.

— Merci.

Jamais Catarina n'était autant venue au commissariat que durant ces dernières quarante-huit heures. Elle frappa à la porte et attendit qu'on lui dise d'entrer.

— Bonjour Inspecteur.

— Bonjour, Catarina. Alors, qu'as-tu appris sur la personne qui a acheté les araignées ? Est-ce un complice ?

— Non ; en fait les ravisseurs se sont servis de ce jeune homme en lui faisant croire qu'ils travaillaient pour un grand laboratoire de recherche. Ils ont très bien monté leur coup. Ils ont installé un faux laboratoire en quelques jours dans un appartement qu'ils avaient loué dans la tour Montparnasse pour le compte de la MGM. Ils prétendaient devoir tourner une scène dans un laboratoire de recherche avec vue sur Paris. J'ai remarqué, en quittant la tour Montparnasse, qu'il y avait des caméras de surveillance dans le hall d'entrée. Si vous demandez un mandat au juge, vous pourrez récupérer les vidéos avant qu'elles ne soient effacées. J'ai avec moi les photos des deux contrats, celui du jeune homme qui a fourni les araignées et le contrat de location de l'appartement.

— Tu crois sincèrement que les deux personnes en question n'ont rien à voir avec le crime ?

— Oui, j'en ai l'intime conviction. Une chose est sûre : celui qui a mis ce plan au point n'a pas de problème d'argent, car il débourse de grosses sommes. J'ai demandé au jeune homme aux araignées et au loueur d'appartement de passer au commissariat afin de vous apporter les contrats qu'ils ont signés. Peut-être pourriez-vous faire un relevé d'empreintes sur les documents ?

— On peut toujours essayer. On m'a dit que la religieuse était partie avec toi ?

— C'est exact ; en fait, je n'ai pas trouvé prudent qu'elle reste seule à l'orphelinat, les malfaiteurs auraient pu tenter de l'enlever elle aussi. Ils ont déjà trente otages, on ne va pas leur en servir un de plus sur un plateau.

— Où est-elle actuellement ?

— En sécurité chez des amis ; ne vous en faites pas, elle est vraiment entre de bonnes mains.

— T'a-t-elle appris la raison pour laquelle ces hommes étaient entrés ainsi à l'orphelinat Sainte-Catherine ?

— D'après elle, ils cherchaient une personne qui ne se trouvait pas dans les murs.

— Qu'est-ce qui a pu leur faire croire que cette personne se trouvait là-bas ?

— Je n'en sais rien, mais je suis certaine d'une chose : si on trouve l'identité de cette personne, on connaîtra l'instigateur de toute l'affaire. Et vous, qu'avez-vous découvert au sujet de notre suspect géologue ?

— Je suis allé dans plusieurs facs, dont celle de Jussieu ; personne ne se rappelle avoir vu nos suspects. Mais cela ne veut pas dire qu'il n'est pas géologue.

— Oui, vous avez raison. Et pour ce qui est des avis de recherche internationaux ?

— J'ai reçu un message du FBI : ils sont connus pour être des mercenaires. On les suspecte d'avoir commis plusieurs crimes sans qu'aucune preuve n'ait jamais été retenue contre eux. Ils viennent des États-Unis mais c'est surtout en Orient qu'ils vendent leurs services.

— On connaît leurs noms ?

— Ils en utilisent plusieurs, alors on ignore leur véritable identité. Notre premier suspect, le « géologue » est connu sous le nom d'Arthur Smit, alias Ben Davis. Le deuxième s'appelle Jo Messer, alias Sam Bruser. Le troisième est identifié comme Gambit, alias Christopher Rosseter. Et le quatrième aurait pris l'identité de John Nevada, alias Columbo Bucanon.

— Vous êtes sûr qu'aucun de ces noms n'est le véritable ?

— Certain.

— Pour qui travaillent-ils en Orient ?

— Pour l'instant on n'en a aucune idée.

— Et leurs téléphones ?

— Toujours éteints, mais grâce aux antennes-relais on sait où ils se trouvaient lorsqu'ils étaient allumés : dans Paris, aux environs de la porte de Versailles, de la gare Montparnasse, du Louvre ou de Saint-Michel-Notre-Dame.

— Pour ce qui est de la porte de Versailles, c'est à peu près l'endroit où se trouve l'église Saint-Antoine-de-Padoue, et donc l'entrée des carrières qui leur a permis d'arriver jusqu'à l'orphelinat. Ensuite, la gare Montparnasse n'est pas loin de la tour où ils avaient installé leur pseudo-laboratoire de recherche sur les araignées. Quant au Louvre, ce n'est pas loin des quais où ils ont trouvé leur fournisseur de mygales. Par contre, Saint-Michel-Notre-Dame est un mystère pour moi. Il y a sûrement une explication mais pour l'instant je ne vois pas laquelle. Est-ce que vous savez depuis quand ces quatre suspects sont arrivés à Paris ?

— D'après le FBI, ils sont chez nous depuis une semaine tout au plus.

— Comment savent-ils cela ?

— Parce qu'ils étaient une semaine plus tôt en Russie. Ils traversaient la Place Rouge quand le satellite espion les a pris en photo et que le logiciel de reconnaissance faciale les a fait apparaître sur l'écran.

— Je ne savais pas qu'on pouvait librement filmer ou prendre des photos par satellite dans des pays étrangers.

— On n'a pas le droit, mais tout le monde le fait.

— Je vois. Par contre on ne les a pas vus prendre l'avion pour arriver jusqu'ici.

— Peut-être ont-ils utilisé un jet privé, ce qui fait qu'ils pouvaient voyager sans être vus.

— Oui, eh bien ça ne nous arrange pas.

— Qu'as-tu l'intention de faire à présent, Catarina ?

— Je vais essayer de suivre une nouvelle piste.

— Ah ! Laquelle ?

— Une des religieuses les a entendus dire « fantôme » et « Croix-Rouge ». Je ne sais pas vraiment ce que ça veut dire, mais avec Guillaume nous allons faire tous les centres de la Croix-Rouge française et nous y montrerons les portraits-robots ; peut-être que quelqu'un les reconnaîtra. Entretemps, peut-être pourriez-vous chercher, grâce au numéro de série, d'où provient l'argent qu'ont reçu l'homme aux araignées et le loueur d'appartement.

— Ne te fais pas trop d'illusions Catarina ; ce que tu me demandes est quasiment impossible à retracer.

— Il faudrait aussi faire un relevé d'empreintes dans l'appartement qui leur a servi de laboratoire. Quoi qu'il en soit Inspecteur, on se retrouve ici ce soir pour faire le point sur ce qu'on aura découvert ?

— D'accord, vas-y, je ne te retiens pas davantage. Si jamais tu as besoin de renfort, n'hésite pas à m'appeler.

— Je le ferai, promis.

Sur ce, Catarina sortit du commissariat pour rejoindre Guillaume et Davinia sur le parking. Alors qu'elle s'apprêtait à monter dans le taxi, son portable se mit à sonner. C'était un numéro masqué. Elle prit cependant l'appel.

— Allô ?

— Vous êtes bien la détective privée Maty H ? La personne qui vient de m'envoyer une bonne centaine de mails avec un message dans l'objet ?

— Si vous êtes le prince Schahriar, alors oui c'est bien moi.

— Est-ce que vous êtes sérieuse en accusant mon frère d'avoir organisé l'enlèvement de mon architecte ?

— Tout à fait.

— Comment pouvez-vous affirmer une telle chose ?

— Parce que c'est Christophe Masure lui-même qui l'a expliqué à sa femme par téléphone, avant de lui dire de quitter immédiatement leur maison avec leur fille et de se mettre en sécurité à l'orphelinat Sainte-Catherine à Paris. Malheureusement, la cachette qu'il avait choisie pour sa famille a été découverte par votre frère. Mais comme il ignore à quoi ressemble la fille de votre architecte, il a fait enlever les trente pensionnaires de l'orphelinat et a l'intention de les tuer demain et de jeter leurs corps dans la Seine, à moins que l'architecte ne se livre en échange.

— Tout ça parce qu'ils ignorent laquelle est sa fille et que, ne voulant pas prendre le risque de la laisser filer par erreur, ils les ont toutes enlevées ?

— Ils savent que Christophe Masure se trouve à Paris, seulement ils ignorent où.

Vous devez trouver tout cela invraisemblable, mais peut-être avez-vous entendu parler des disparues de l'orphelinat Sainte-Catherine ?

— Oui, j'ai effectivement entendu parler de cette affaire. Si ce que vous dites est vrai, qu'est-il advenu de la femme de mon architecte ?

— Fort heureusement elle est hors de danger à présent et elle m'aide dans mes recherches afin de retrouver les fillettes avant l'heure fatidique.

— Vous disiez que mon frère voulait prendre ma place ?

— C'est exact, mais il ne veut pas courir le risque de vous voir un jour revenir ; c'est pourquoi il doit se débarrasser de vous et de votre descendance. Prince Schahriar, je comprends que vous ayez du mal à me croire, mais je vous assure que je ne vous raconte pas de bobards. Le temps m'est compté : si vous voulez nous aider, je vous dis ce que j'attends de vous ; sinon, nous n'avons plus rien à nous dire. Alors, que décidez-vous ?

— Vous croyez que mon frère est à Paris ?

— Oui.

— Qu'attendez-vous de moi ?

— Que vous me donniez son numéro de téléphone et une photo de lui.

— Vous comprendrez, j'en suis sûr, qu'avant d'accéder à votre demande je m'assure de la véracité de vos propos ?

— Je le comprends ; si j'étais à votre place, je ferais de même ; seulement j'ai peu de temps.

— J'en prends note.

— Prince Schahriar, actuellement dans cette affaire je ne sais pas sur qui je peux compter, excepté sur mes propres amis. Les ravisseurs ont dépensé énormément d'argent et ça n'a pas l'air d'être un problème pour eux. D'ici peu nous saurons d'où vient cet argent et je ne serais pas surprise d'apprendre que c'est d'une banque en Arabie Saoudite.

Le prince Schahriar ne dit mot, mais plus Catarina lui exposait les fait, plus il commençait à croire que la jeune détective disait la vérité quant à l'implication de son frère. Mais il comprit soudain qu'indirectement, il était lui aussi responsable de ce qui était arrivé. Il se remémorait ces derniers temps, avant que son frère lui annonce qu'il s'absenterait quelques jours pour régler une affaire.

— Prince Schahriar, vous êtes toujours là ? Prince Schahriar ?

— Vous disiez ?

— Une dernière chose, Prince.

— Oui ?

— J'ai la photo de quatre suspects, pourriez-vous me dire si vous les avez déjà vus ?

— Envoyez-les-moi, je vous dirai.

Catarina lui envoya par MMS les portraits-robots des quatre suspects.

— Quand disiez-vous que devait avoir lieu l'échange ?

— Jeudi à midi, au pied de la cathédrale Notre-Dame de Paris. Je conçois parfaitement que vous vouliez vérifier mes propos. Quand vous découvrirez que ce que je vous ai dit est exact, envoyez-moi la photo de votre frère et son numéro de téléphone afin que la police puisse le localiser ; ainsi nous saurons peut-être plus facilement où sont détenues les fillettes.

Le prince Schahriar n'appréciait pas le moins du monde que la police française s'immisce dans la vie privée de son frère, encore moins dans la sienne. Si son frère se trouvait vraiment à Paris, lui et sa famille étaient protégés par l'immunité diplomatique. Le prince Schahriar savait son frère tout à fait capable de vouloir se débarrasser de lui et de sa famille pour régner à sa place. Et tout à fait capable pour cela de mettre à mort tous ceux qui pouvaient l'empêcher de mener à bien son projet. Mais comme il ne connaissait pas Catarina, le prince ne pouvait nullement lui faire part de ses sentiments.

— Je viens de recevoir vos photos ; je suis vraiment désolé mais je n'ai jamais vu ces hommes ; je vais les montrer à mon entourage et si j'apprends quelque chose, je vous en ferai part.

— Très bien, Prince. Vous avez mon numéro de téléphone, vous pouvez donc me joindre à tout moment.

Chapitre 9
La Croix-Rouge

Une fois l'appel terminé, Catarina rejoignit Guillaume et Davinia.

— Alors, quelles sont les nouvelles ? demanda Guillaume.

— Rien de vraiment nouveau à vrai dire, l'Inspecteur Renoir va tenter de remonter la piste des billets que nos suspects ont donnés pour l'achat des araignées et pour la location de l'appartement.

— A-t-il parlé de moi ? demanda Davinia.

— Oui, mais je lui ai dit que je vous avais mise en lieu sûr, au cas où les ravisseurs reviendraient à l'orphelinat.

— Il n'a pas trouvé ça bizarre ?

— Non, pas du tout. En plus, il avait bien d'autres choses en tête, comme prendre la déposition du collectionneur d'araignées et du loueur d'appartement, sans compter qu'il devait se procurer un mandat pour récupérer les vidéos de surveillance de la tour Montparnasse. Nous savons quand même désormais plus ou moins qui sont les criminels qui ont agi à l'orphelinat. Il s'agit de quatre mercenaires connus du FBI mais dont on ignore la véritable identité. Pour l'instant, la police ne sait pas de quelle manière ils sont entrés sur le territoire français. À première vue ils sont arrivés en jet privé.

— Ils étaient sans doute dans l'avion du prince Giafar Salam ; vu qu'il jouit de l'immunité diplomatique, il peut emmener avec lui qui il veut sans que personne ne trouve rien à redire ; en plus, un jet privé n'est jamais fouillé.

— Pour l'instant je n'ai rien dit à l'Inspecteur, je l'aiguillerai sur cette piste un peu plus tard.

—Où allons-nous maintenant ? demanda Guillaume.

— On va faire tous les postes de la Croix-Rouge de Paris.

— Pourquoi ça ?

— Parce qu'une des religieuses les a entendus parler de fantôme et de Croix-Rouge. L'un ne semble avoir aucun rapport avec l'autre, mais je préfère n'éliminer aucune piste.

— Dans ce cas, il va nous falloir chercher toutes ces adresses sur Internet.

— Ce ne sera pas utile puisque je les ai avec moi. En fait, après avoir envoyé mes messages au prince Schahriar, j'ai lancé une recherche sur tous les centres de la Croix- Rouge se trouvant à Paris, et j'ai imprimé toutes les adresses.

Un itinéraire fut établi pour perdre le moins de temps possible entre les établissements, depuis la Croix-Rouge centre de formation aux premiers secours dans le 11ème arrondissement, jusqu'à la structure d'hébergement pour personnes âgées dépendantes des Airelles, dans le 20ème. Chaque établissement en rapport avec la Croix-Rouge reçut leur visite ; à chaque fois Catarina montra la photo des quatre suspects, qu'elle avait tirée sur papier pour la présenter au personnel. La réponse était toujours la même : personne n'avait jamais vu de près ou de loin l'un ou l'autre des quatre suspects.

Lorsqu'ils eurent visité le dernier établissement, il était déjà vingt heures. Catarina ne savait plus où chercher et se retrouvait sans autre piste ; elle demanda à Guillaume de les ramener au restaurant de Gina.

— Ça nous permettra de manger quelque chose avant de reprendre nos recherches.

Tandis qu'ils retournaient dans le 8ème, elle reçut un coup de fil d'Anthony, son fiancé.

— Bonjour mon cœur, comment vas-tu ?

— Un peu fatiguée, mais ça va. Tante Gina t'a prévenu que j'étais sur une nouvelle affaire, celle des trente pensionnaires disparues de l'orphelinat Sainte-Catherine ?

— Oui, et d'après ce qu'elle m'a dit ce n'est pas une mince affaire.

— Tu ne crois pas si bien dire. Et toi, tu es toujours d'astreinte ?

— Oui, jusqu'à demain soir. J'espère que d'ici là tu auras résolu ton enquête.

— C'est plutôt mal parti à vrai dire ; je croyais être sur une piste, malheureusement elle n'a conduit nulle part.

— C'était quoi au juste ?

— Une des sœurs de l'orphelinat a entendu un des ravisseurs qui téléphonait parler de fantôme et de Croix-Rouge, mais nous avons fait tous les établissements relevant de la Croix-Rouge sans aucun succès.

Il y eut un silence au bout du fils ; Catarina crut qu'Anthony avait raccroché, lorsqu'il demanda :

— Et la station fantôme Croix-Rouge ? Tu as vérifié ?

— La station fantôme Croix-Rouge ? Non, je n'ai jamais entendu parler de ça. De quoi s'agit-il ?

— Croix-Rouge est une station de métro aujourd'hui fermée au public, sur la ligne 10. Je crois qu'en 1923, elle était le premier terminus de cette ligne. Elle est située dans le 6ème arrondissement, entre les stations Sèvres-Babylone et Mabillon.

— Comment on y accède ?

— Par le métro ; par les voies plus exactement ; seulement ce serait trop dangereux de t'y rendre tant que le métro fonctionne ; le plus prudent serait d'attendre la fin du service. Ce qui veut dire que cela ne pourra avoir lieu qu'après minuit. Pour pouvoir y accéder, tu auras besoin de l'aide de la police. Sans quoi jamais la RATP n'acceptera de te laisser circuler sur les voies.

— Comment pourrais-je m'assurer que les gamines sont bien là-bas ?

— Il te faudrait une caméra infrarouge pour filmer ce qu'il y a sur le quai qui est désormais complètement dépourvu de lumière.

— Et s'il s'avère que les petites sont là-bas, comment les approcher sans être vus des ravisseurs ?

— Je ne sais pas pour l'instant, mais laisse-moi un peu de temps ; je trouverai sûrement une solution.

— Pourquoi ne pas utiliser l'entrée principale de la station Croix-Rouge ?

— Parce qu'elle a été soudée au chalumeau lorsque la station a été fermée ; si jamais on essayait de la rouvrir, on ferait beaucoup trop de bruit et ça donnerait l'alerte aux ravisseurs.

— Alors je vais prendre le métro et regarder si on peut voir quelque chose ; si je n'y arrive pas, j'irai voir l'Inspecteur Renoir pour lui parler de cette station fantôme. Tu sais quoi Anthony, je t'adore ! Grâce à toi, j'ai une nouvelle piste. Je vais vérifier et je te rappelle sitôt après. Je t'embrasse, mon héros.

Un sourire aux lèvres, elle lança :

— Guillaume ! Il y a un changement de programme : conduis-nous à la station de métro Sèvres-Babylone ; nous devons aller vérifier si les petites ne se trouveraient pas à la station désaffectée Croix-Rouge. Il faudra scruter l'obscurité et être à l'affût du moindre mouvement.

Guillaume les conduisit aussitôt à Sèvres-Babylone.

— Qu'est-ce qu'on fait à présent Catarina ?

— Eh bien, après la station où nous sommes, il y en a une plongée dans le noir qui n'est plus ouverte au public ; c'est la station Croix-Rouge ; il se pourrait que les gamines de l'orphelinat se trouvent justement là-bas. C'est pourquoi nous devrons ouvrir grand les yeux en la traversant, sans pour autant éveiller les soupçons toutefois, au cas où les ravisseurs seraient sur les lieux.

—Ne pouvons-nous filmer la station avec un caméscope ?

— Ma foi pourquoi pas ? Cependant je veux m'assurer qu'il y a bien quelque Chose. Si l'un de nous trois aperçoit quoi que ce soit sur le quai, cela nous suffira pour aller acheter immédiatement un caméscope, revenir dans le métro et refaire le parcours, cette fois en filmant discrètement le quai de la station Croix-Rouge. Après quoi nous regarderons les images sur ordinateur afin de nous assurer que nos soupçons sont justifiés. Si c'est le cas, nous verrons comment procéder pour libérer les fillettes sans les mettre en danger.

Guillaume, Catarina et Davinia s'installèrent sur les sièges qui permettaient la meilleure visibilité sur l'extérieur du wagon. Tous trois fixèrent le long tunnel qui menait à la station désaffectée ; en la traversant, ils remarquèrent qu'une partie du quai était cachée par des espèces de bâches sombres, derrière lesquelles pourraient se trouver une trentaine de personnes. Lorsqu'ils arrivèrent à la station suivante, Mabillon, tous trois descendirent et échangèrent leurs impressions.

— Vous avez remarqué cette énorme bâche qui est tendue sur une grande partie du quai ? demanda Catarina.

— Oui ; sa largeur peut très bien cacher trente fillettes, répondit Guillaume.

— Et vous Davinia, qu'en pensez-vous ?

— Nous devrions aller voir le directeur de la RATP et lui demander si cette bâche a une raison d'être. Si sa réponse est négative, cela confirmera nos soupçons.

— Ce n'est pas aussi simple. Si nous allons voir le directeur comme ça, il refusera de nous recevoir. Non, la meilleure solution est d'aller trouver l'Inspecteur Renoir et de lui parler de notre hypothèse. Actuellement il a carte blanche pour toute cette enquête, ce qui veut dire qu'il peut avoir des mandats d'amener en quelques heures. De toute façon, on ne peut accéder discrètement à ce quai sans l'aide de la RATP.

— Vous allez tout lui raconter à mon sujet ? s'inquiéta Davinia.

— Non, je vais juste lui dire qu'Anthony m'a mise sur une nouvelle piste et comme j'aurai filmé au préalable le quai, je pourrai lui montrer ; avec ça il ira voir le directeur de la RATP, qui mettra tout en œuvre pour nous aider. Bon, allons acheter un caméscope.

Guillaume les conduisit à la FNAC de la rue de Rennes. Une fois le caméscope en main, ils reprirent le métro à Sèvres-Babylone, placèrent le caméscope contre la vitre et sitôt les portes du wagon fermées, Catarina déclencha l'enregistrement ; malgré le manque de lumière à la station Croix-Rouge, il n'était pas trop mauvais car la lumière du wagon éclairait vaguement les lieux à leur passage mais suffisamment pour pouvoir filmer le quai sur toute sa longueur. Arrivés à la station Mabillon, Catarina et ses amis visionnèrent tout l'enregistrement jusqu'à la fin et remarquèrent alors de faibles mouvements au niveau de la bâche.

— Elles sont là ! se mit à crier Davinia en mettant la main sur son cœur.

— Peut-être bien, mais pour l'instant nous n'en sommes pas sûrs, répondit Catarina.

— Je veux aller vérifier !

— Certainement pas. Je vais filmer à nouveau dans l'autre sens et lorsque nous serons de retour à Sèvres-Babylone, nous reprendrons le taxi pour aller montrer cet enregistrement à l'Inspecteur.

— Mais s'il me voit, il me reconnaîtra ! s'écria Davinia.

— J'en doute ; il est tellement concentré sur l'enlèvement des fillettes qu'il ne remarque même pas ce qu'il a sous le nez. Et si jamais il devient curieux, je lui raconterai que vous voulez devenir détective privée et que je vous ai prise sous mon aile pour vous enseigner les ficelles du métier.

— Vous savez que lorsque toute l'affaire apparaîtra au grand jour, il découvrira la vérité et vous en voudra ?

— J'en suis consciente mais je préfère ne pas y penser pour l'instant. Bon, assez discuté, ne perdons plus de temps. Retournons à Sèvres-Babylone et après, Guillaume, tu nous conduiras au commissariat.

Du taxi, Catarina appela Anthony pour lui faire part de ses découvertes.

— Tu t'es assurée que les ravisseurs n'étaient pas cachés dans la station fantôme Croix-Rouge ?

— Nous en sortons justement et tu avais raison, Anthony, ils sont sûrement là-bas. Je ne les ai pas vus mais j'en suis quasiment sûre.

— Quasiment ?

— On ne voit pas bien du métro car il ne marque pas l'arrêt ; en plus, la station est assez sombre. Ce qui empêche vraiment de savoir s'ils sont là, c'est l'énorme bâche suspendue du sol au plafond sur une bonne partie du quai. Sur la vidéo, on voit qu'elle bouge un peu et ce n'est pas dû au passage du métro.

— As-tu vérifié si on pouvait entrer par la rue ?

— Non, pas encore, mais je vais le faire. Nous allons voir l'Inspecteur pour lui faire part de notre découverte, surtout pour qu'il aille au centre de contrôle de la RATP vérifier auprès du directeur qu'il n'y a pas de travaux en cours dans cette station et pour lesquels on aurait installé une bâche. Lors de l'intervention, nous aurons besoin de tous les pompiers disponibles pour porter secours aux blessés.

— Parce que tu crois qu'il y aura du grabuge ?

— Sans aucun doute, à moins que…

— À quoi penses-tu ?

— Je te rappelle tout à l'heure ; il faut d'abord que je m'assure que c'est faisable.

Catarina raccrocha vivement pour s'adresser à Guillaume.

— Changement de programme ! Conduis-moi tout de suite à la tour Eiffel.

— Pourquoi veux-tu aller là-bas ?

— Je crois que j'ai un plan pour sauver les fillettes et éviter un carnage.

Guillaume se gara au Trocadéro et Catarina descendit du taxi pour se rendre au pied de la tour Eiffel où avait lieu un défilé de mode. C'était l'illustre couturier Jean-Marc Deforge qui présentait ses créations au grand public.

Un grand sourire illumina son visage quand il la vit.

— Catarina ! Quel bonheur de te revoir parmi nous !

— Bonjour, monsieur Deforge.

— Tu en as assez d'être détective privée et tu veux reprendre ton métier de mannequin ? Si c'est ça il n'y a aucun problème, je te reprends sur-le-champ.

— C'est très aimable à vous monsieur Deforge, et je vous remercie. Mais ce n'est pas pour cette raison que je suis là.

— Ah ? Pour quelle autre raison donc ?

— Vous avez sans doute entendu parler de l'enlèvement des pensionnaires de l'orphelinat Sainte-Catherine ?

— Oui, comme tout le monde.

— Eh bien je crois savoir où elles sont retenues prisonnières ; seulement si la police ou moi-même intervenons, elles risquent d'être abattues sur-le-champ ; par contre, si quelqu'un comme vous pouvait détourner quelques instants l'attention, je suis certaine qu'on pourrait les libérer sans qu'il leur arrive malheur.

— Me voilà plus qu'intrigué ; peut-être serait-il temps que tu m'exposes ton plan ?

— Pas ici ; ce n'est ni le moment, ni l'endroit. Lorsque le défilé sera terminé, venez me retrouver avec tout le monde au commissariat dont voici l'adresse ; alors je vous expliquerai tout. Mais dites-vous qu'aux yeux du monde, vous deviendrez de véritables héros et que ça vous fera une publicité internationale pour vos dernières créations !

Elle prit congé de Jean-Marc Deforge et retourna au taxi.

— Maintenant, Guillaume, il faudrait que tu nous conduises à la caserne d'Anthony ; je dois parler à son commandant.

— Tu vas m'expliquer une bonne fois pour toutes ce que tu as dans la tête ?

— Tout à l'heure Guillaume, tout à l'heure.

À la caserne, Catarina alla trouver le commandant.

— Bonjour Catarina ! Quel bon vent vous amène par ici ? Si c'est Anthony que vous cherchez, il est actuellement sur une intervention.

— Non Commandant, ce n'est pas lui que je suis venue voir, mais vous.

— Ah ! Et que puis-je pour vous ?

— Vous êtes au courant de l'enlèvement des pensionnaires de l'orphelinat Sainte-Catherine ?

— Bien sûr.

— Eh bien je crois savoir où elles sont retenues prisonnières ; seulement j'aurais besoin de vos hommes pour faire diversion ; je vous expliquerai tout cela en détail au commissariat dont voici l'adresse. Il faudrait que vous veniez avec plusieurs de vos hommes ; quatre ou cinq devraient faire l'affaire. Il en résultera pour vous une hausse de votre cote de popularité et une augmentation des dons pour les orphelins des pompiers morts en service. Je vous laisse maintenant car j'ai encore pas mal de choses à faire ; à tout à l'heure au commissariat ; je vous exposerai mon plan.

Après une franche poignée de main, Catarina revint au taxi.

— Et maintenant, où veux-tu que nous allions ?

— Au commissariat, car d'ici peu une véritable petite armée va se mettre en marche.

— Est-ce que tu vas enfin me dire ce que tu as l'intention de faire ?

— Encore un peu de patience et tu connaîtras mon plan.

Guillaume s'empressa de conduire ses passagères au commissariat où l'Inspecteur Renoir les attendait.

Chapitre 10
La libération des trente fillettes

— Inspecteur, je crois savoir où les ravisseurs détiennent les fillettes de l'orphelinat. Vous vous rappelez que les antennes-relais avaient localisé les téléphones à plusieurs endroits avant qu'ils ne soient éteints. La localisation à Saint-Michel-Notre-Dame ne correspondait à rien pour nous. Eh bien, je crois que j'ai maintenant la réponse.

— Et quelle est-elle ?

— Saint-Michel-Notre-Dame n'est pas loin de la station désaffectée Croix-Rouge.

C'est la dernière pièce manquante. Seulement voilà, pour réussir à les délivrer sans provoquer un véritable carnage, j'ai besoin de l'aide de la police, des pompiers et de mes amies mannequins.

— Comment ça ? Assieds-toi deux minutes et raconte-moi tout en détail.

— D'accord. Je crois que les petites sont séquestrées à la station de métro Croix-Rouge. Pour en être sûre, j'aurais besoin que vous alliez au centre de contrôle de la RATP pour voir avec le directeur si des travaux sont prévus là-bas. S'il vous répond que non, cela voudra dire que nos suspects y sont très probablement cachés. Vous avez ici la vidéo que j'ai prise dans la station : on y voit une très large bâche qui dissimule une grande partie du quai. Je ne sais pas quand elle a été installée mais comme vous pouvez le voir, elle bouge par moments, et ce n'est pas dû au souffle du métro qui passe, sans quoi tout aurait bougé de bas en haut, et ce n'est pas le cas, n'est-ce pas ?

— Je suppose qu'il est impossible d'arriver jusqu'à eux par l'ancienne bouche du métro Croix-Rouge ? demanda l'Inspecteur.

— Je n'ai pas encore vérifié, mais on peut le penser en effet.

— Ce qui veut dire que la seule manière d'accéder à la station, c'est par le tunnel du métro.

— Oui ; seulement si jamais la rame ne passe pas comme prévu ou si on arrête le métro, ils le remarqueront et s'en prendront aux petites.

— Je peux savoir comment tu penses réussir à l'éviter ?

— Eh bien voici mon plan : dans un wagon, mes amies mannequins et moi-même feront semblant d'animer une présentation Haute Couture : il y aura de la musique et des photographes. Le wagon ressemblera à une véritable salle de spectacle et nous danserons, rirons et crierons de telle manière qu'on nous entendra de loin, ce qui fait que les ravisseurs seront immédiatement attirés par tout ce vacarme. Et c'est justement cette diversion qui permettra à vos hommes d'avancer dans le tunnel sans qu'on les entende. Ils devront faire très attention car on ne pourra pas couper le courant et le métro continuera à rouler normalement. Pour éviter tout danger, ils porteront le strict minimum, à savoir un gilet pare-balles et leur arme de service. Il faut absolument qu'ils soient prêts à l'utiliser contre les ravisseurs dès qu'ils les auront dans leur ligne de mire, car ils n'auront pas de deuxième chance. Pour sauver les fillettes, ils devront les abattre en premier. Il faudra donc des hommes qui n'hésiteront pas un instant à faire usage de leur arme.

— Pas de problème, je ferai appel au RAID. Ils sont formés pour ça.

— Surtout pas !

— Comment ça, surtout pas ?

— Si le RAID est sur l'affaire, ils voudront discuter avant d'intervenir et s'ils le font, les ravisseurs sacrifieront les fillettes pour s'en sortir. Vous devez être conscient d'une chose, Inspecteur : elles ont vu le visage de leurs ravisseurs, ce qui veut dire qu'ils les tueront quoi qu'il arrive. Ils ne peuvent pas laisser de témoins vivants derrière eux, car ça les enverrait en prison pour perpète.

— Tu veux dire qu'ils tueront toutes les fillettes ?

— Oui.

— Mais si c'était vraiment leur intention, pourquoi les avoir gardées en vie jusqu'ici ?

— Parce qu'elles sont leur monnaie d'échange.

— Comment ça ?

— Vous vous rappelez qu'ils recherchaient deux personnes.

— Oui.

— Eh bien je suis persuadée que l'une d'elles se trouve parmi ces gamines.

— Si c'était vraiment le cas, nous l'aurions découvert.

— Pas forcément. N'oubliez pas que ce sont des enfants trouvées, nul ne connaît leur véritable identité. Lorsqu'elles entrent à l'orphelinat, on leur donne un nom et un prénom.

L'Inspecteur écoutait en silence et se disait que le raisonnement de Catarina n'était peut-être pas si fantaisiste que ça.

— Admettons que tu aies raison, ça veut donc dire que je dois trouver de vrais pros et de vrais tireurs d'élite.

— Oui.

— Je ne connais personne capable d'égaler le RAID. À moins que...

— À moins que quoi ?

— Deux secondes ! J'ai un coup de fil à passer. Attends-moi ici, je reviens.

Et il sortit du bureau, laissant Catarina éberluée.

— Alors celle-là, on ne me l'avait encore jamais faite ! J'ai l'impression d'avoir perdu tout mon attrait sur la gent masculine. Il va falloir que je change de coiffure, de maquillage, de…

L'Inspecteur reparut.

— Me voilà avec la réponse à nos problèmes.

— Ah ! Parce qu'on avait un problème ?

— Oui, il nous faut des hommes aussi bons que ceux du RAID et qui ne ratent jamais leur cible ?

— Vous pensez à qui ?

— À d'anciens membres du RAID, qui sont aujourd'hui à la retraite mais qui sont toujours actifs.

— Quand vous dites « actifs », vous voulez dire quoi ?

— Ils font du sport, ils courent plusieurs kilomètres quotidiennement et s'entraînent toujours au tir sur cible.

— Combien de personnes qui correspondent à cette description connaissez-vous ?

— Cinq ; je viens tout juste de les appeler et ils ne devraient pas tarder à nous rejoindre.

— Tout comme Anthony et plusieurs de ses collègues, ainsi que le grand couturier Jean-Marc Deforge et toute son équipe.

— Qu'est-ce que tout ce monde vient faire ici ?

— Ils viennent tous nous aider à sauver les fillettes.

— Comment ça ?

— Dès qu'ils seront là, je vous exposerai la deuxième partie de mon plan. Si tout se passe comme prévu, on récupèrera les fillettes sans trop de pertes collatérales. Mais avant qu'ils n'arrivent, il faut absolument que j'aille acheter deux ou trois choses. Faite-les tous patienter jusqu'à mon retour.

Catarina courut rejoindre Guillaume et Davinia dans le taxi.

— Guillaume, il faut absolument que tu me conduises le plus rapidement possible à la maison de la mouche Dubos qui se trouve 1, boulevard Henri IV dans le 4ème arrondissement.

— Qu'est-ce que tu veux faire là-bas ?

— Acheter une gaule avec du fil de pêche, des hameçons et du plomb.

— Tu crois vraiment que c'est le moment de penser à tes loisirs ?

— Plus que jamais Guillaume, plus que jamais !

— C'est bizarre mais je connais ce regard et ce sourire en coin.

— Ah oui ? Et qu'est-ce qu'ils veulent dire ?

— Que tu manigances un gros coup, un très gros coup.

Davinia, qui ne connaissait pas vraiment Catarina, n'arrivait pas à comprendre comment elle pouvait penser à des loisirs alors que la vie de sa fille et celle de son mari étaient en jeu.

Guillaume les amena au magasin en un rien de temps. Il se gara juste devant et attendit avec Davinia dans le taxi que Catarina fasse ses emplettes.

— Mais qu'est-ce qu'elle fabrique ? s'exclama Davinia. Je croyais que la seule chose qui importait, c'était de sauver les fillettes ; tout à coup je me rends compte que ce n'est pas le cas.

Guillaume ne disait rien ; tout comme elle, il n'arrivait pas à comprendre le comportement de Catarina. Il allait tout de même prendre sa défense lorsqu'elle revint les bras chargés, suivie d'un vendeur tout aussi chargé qu'elle.

— Tenez, mettez tout ça dans le coffre.

Le jeune homme plaça tous les paquets dans le coffre, après qu'elle y a déposé les siens. Elle lui donna un pourboire pour le remercier de son aide. Puis elle remonta dans le taxi où Davinia l'attendait, très contrariée.

— Je pensais que vous vouliez sauver la vie de ma fille !

— Je comprends parfaitement à quoi vous devez penser, mais si vous voyiez les choses autrement, vous pourriez bien changer d'avis.

— Et comment faudrait-il que je les voie ?

117

— Imaginez que cette canne à pêche serve à retirer la bâche derrière laquelle se trouvent les ravisseurs et les enfants.

Davinia était confuse.

— Oh ! Excusez-moi, mais j'avais cru…

— Que je voulais m'amuser au beau milieu de mon enquête ?

— Oui, et je m'en excuse.

— Sachez, Davinia, que je ne m'amuse jamais pendant une enquête tant que celle-ci n'a pas été bouclée.

— C'est exact, dit Guillaume, Catarina va toujours au bout de ses recherches ; elle ne lâche jamais rien, quitte à mettre sa vie en danger.

— Bon, maintenant que les choses sont dites, il est temps pour nous de retourner au commissariat. Cette fois-ci vous entrerez avec moi car pour mener à bien ce sauvetage, j'ai besoin de l'aide de tout le monde.

Guillaume emprunta toutes les petites rues qu'il connaissait pour arriver le plus vite possible au commissariat. Tous trois descendirent du taxi et se dirigèrent vers l'entrée. À peine Catarina avait-elle franchi les portes qu'elle fut accueillie par une véritable ovation.

— Bonsoir les amis, je suis contente de vous voir moi aussi. Permettez que je vous présente Guillaume et Davinia, pour ceux qui ne les connaissent pas.

Immédiatement une acclamation de bienvenue s'éleva dans l'air.

Catarina demanda au policier qui était à l'accueil s'ils avaient une grande salle de réunion.

— Oui madame.

— Pourriez-vous s'il vous plaît me l'indiquer, afin que j'y conduise tout ce petit monde ?

— Je suis désolé, madame, mais je n'ai pas le droit de vous y conduire.

— D'accord, ne vous en faites pas ; je vais m'adresser à l'Inspecteur Renoir et c'est lui qui fera le nécessaire ; ça vous va comme ça ?

— Oui, madame.

Catarina alla frapper à la porte du bureau de l'Inspecteur pour lui demander de rassembler tout le monde dans la salle de réunion.

— Entre donc Catarina, que je te présente mes amis qui sont actuellement à la retraite et qui naguère travaillaient pour le RAID. Ce sont eux dont je t'ai parlé.

— Bonjour, messieurs, très heureuse de vous connaître, je me présente : Maty H détective privée. Mais tout le monde m'appelle Catarina.

— Enchantés, répondirent en chœur les cinq hommes.

— L'Inspecteur Renoir vous a expliqué la situation ?

— Si on veut. Il nous a juste dit qu'il avait besoin de tireurs d'élite pour affronter quatre mercenaires et sauver la vie de trente fillettes ; c'est bien de ça qu'on parle ?

— Oui, tout à fait. Attention, ces hommes n'ont rien à perdre, il nous sera impossible de discuter avec eux et ils n'hésiteront pas un instant à se débarrasser des fillettes s'ils se sentent menacés. Nous allons mener cette attaque sans aucune autorisation.

— Ce qui veut dire que s'il arrive malheur aux fillettes, ça nous retombera dessus ?

— Oui, mais si on les sauve, vous deviendrez de véritables héros. Alors, qu'en dites-vous ? Êtes-vous partants ?

— Je dois bien le reconnaître, un peu d'action ne serait pas pour nous déplaire ; au fait, je m'appelle Charles ; voici Christophe, Serge, Philippe et Arthur.

— Très heureuse de vous compter dans notre groupe d'intervention. Inspecteur, pourrions-nous tous nous installer dans votre salle de réunion afin que j'expose mon plan ?

— Bien sûr, va chercher tes amis à l'accueil pendant que nous apportons des chaises supplémentaires dans la salle de réunion.

— Merci.

Dix minutes plus tard, ils étaient tous rassemblés dans la grande salle.

— Bonsoir à tous. Pour ceux qui ne me connaissent pas, je suis Maty H, détective privée, de mon vrai nom Catarina Lavitana. Je suis sur la piste des quatre criminels qui ont enlevé les trente fillettes pensionnaires de l'orphelinat Sainte-Catherine et qui les retiennent prisonnières. Depuis deux jours, l'Inspecteur Renoir et moi-même travaillons pour retrouver leurs traces et je peux vous dire qu'actuellement nous savons où ils se trouvent. Mais le temps nous est compté : dans moins de douze heures, les fillettes seront mortes si nous n'agissons pas. Seulement voilà, si nous en parlons à la police, ils interviendront avec leurs gros sabots et c'est sûr que ça finira en carnage.

— Euh, excuse-moi Catarina, je ne sais pas si tu es au courant mais nous sommes actuellement dans un commissariat et l'Inspecteur Renoir est présent dans cette salle, intervint le couturier.

— Je le sais mais ce n'est pas à lui que je pensais. J'ai besoin d'une équipe qui soit prête à tout et qui agira sans hésiter. Contrairement à la police qui fera traîner les choses en longueur parce qu'elle voudra discuter avec les ravisseurs.

Je vais vous exposer mon plan mais avant je veux être certaine que vous me suivrez dans cette affaire. Si jamais vous vous retirez, rien de ce que je viens de dire ne devra filtrer de cette salle. Cette mission n'est pas sans danger, vous pourriez y perdre la vie. Si vous suivez mon plan à la lettre, tout se passera bien. Alors, êtes-vous partants pour cette aventure ?

— Catarina, je crois qu'il serait plus judicieux de nous exposer ton plan en entier ; après on te dira si on te suit ou pas, répondit Jean-Marc Deforge.

— Soit, le voici donc. Nous devrons nous séparer en trois groupes.

Le premier groupe sera constitué de l'Inspecteur, qui se rendra à la salle de contrôle de la RATP avec le directeur afin de couper le courant le moment venu. Le deuxième groupe sera constitué de tireurs d'élite qui devront empêcher les ravisseurs de s'en prendre aux enfants durant l'intervention et devront sans doute les abattre. Le troisième groupe sera constitué de mannequins et de photographes qui se trouveront dans un wagon du métro. Ils seront là pour faire diversion. Il faudra que ça ait l'air d'une fête, avec de la musique à fond et des flashes crépitant dans tous les coins ; vous, mesdemoiselles, vous prendrez la pose tout le long du parcours, vous rirez, chanterez, danserez ; il faut que vos voix portent dans les tunnels et pour cela toutes les fenêtres seront ouvertes. Le service de secours se trouvera le long des quais derrière les tireurs d'élite, prêt à intervenir. Quant à moi, je me trouverai sur une petite plateforme en queue de wagon, ma canne à pêche à la main ; lorsque j'arriverai à hauteur du quai de la station Croix-Rouge, je lancerai ma ligne sur la bâche suspendue et comme je serai harnachée au wagon, j'entraînerai la bâche dans mon sillage, mettant ainsi les ravisseurs à découvert pour que l'équipe 2 puisse intervenir. Au premier coup de feu, toutes les personnes qui se trouveront dans le wagon devront se coucher à terre et ne pas bouger jusqu'à ce que tout soit fini.

Lorsque les petites seront sauvées, il faudra les faire monter dans le wagon et prendre soin d'elles. Après, vous serez tous conduits en lieu sûr et rien de ce qui aura eu lieu ne devra filtrer avant demain treize heures, car il nous faudra entretemps trouver l'instigateur de toute cette affaire.

— Pourquoi ne pas les ramener à l'orphelinat Sainte-Catherine ? demanda l'Inspecteur.

— Parce que tant qu'on n'aura pas trouvé le ou la complice qui a permis aux ravisseurs d'entrer dans l'établissement, tout danger ne sera pas écarté.

— Mais ils sont entrés par la cave ! fit observer Guillaume.

— Certes, mais comment savaient-ils à quel moment le faire ? Il fallait absolument qu'ils aient quelqu'un à l'intérieur.

— Ils auraient pris le risque de tuer leur complice en lui faisant prendre un excès de somnifère ? Non vraiment, je n'y crois pas le moins du monde.

— À vrai dire moi non plus, intervint l'Inspecteur Renoir.

— D'accord ; alors, si aucune des religieuses n'est leur complice, qui pouvait connaître tous les détails ? La femme de ménage ? demanda ironiquement Catarina.

L'Inspecteur ouvrit alors de grands yeux :

— Mais bon sang, comment n'y ai-je pas pensé plus tôt ?

— Pensé à quoi ?

— Je crois savoir qui a renseigné les ravisseurs ; mais je t'en parlerai demain, lorsque les petites seront en sécurité. Revenons à notre affaire et dis-nous plutôt à quelle heure tu as l'intention de mettre ton plan en action.

— Ça doit avoir lieu lors du dernier métro. Comme ça, le nombre de voyageurs sera minime ; nous devons éviter au maximum les pertes collatérales. Nous prendrons le dernier métro qui part de Boulogne-Pont de Saint-Cloud à vingt-trois heures et qui rentre au dépôt à minuit à la gare de Paris Austerlitz.

— Catarina, tu veux que mes amis et moi-même soyons derrière les policiers, c'est bien ça ? demanda Anthony.

— Oui ; comme ça vous pourrez intervenir plus vite pour soigner les éventuels blessés.

— Hé là ! cria un des mannequins. C'est bien joli tout ça, mais si jamais il y avait des blessés à bord du wagon, nous n'aurions personne pour nous aider s'ils sont tous derrière les policiers !

— Elle a raison ! s'exclamèrent en chœur les autres mannequins.

— D'accord, l'un d'entre eux sera à bord avec vous ; ça vous convient comme ça ?

— Parfait ! Est-ce qu'on peut choisir celui qui nous portera secours en cas de besoin ?

— Doucement, ma belle ! Tu n'es pas là pour appâter un homme mais pour sauver des fillettes.

— Oui je sais, madame rabat-joie, dit-elle en riant ; mais on peut joindre l'utile à l'agréable, non ?

— Elle a raison ! renchérirent les autres filles.

— D'accord ; dans ce cas, c'est moi qui choisis : c'est Anthony qui sera avec vous dans le wagon.

— Anthony ! Mais il est déjà pris !

— Justement, comme ça vous ne serez pas distraites ; je vous promets que lorsque tout sera terminé, nous organiserons une super fête où j'inviterai tous les pompiers célibataires de la caserne.

— Mouais ! Tu dis ça maintenant, mais qui nous garantit que tu respecteras ta parole ?

— Moi ! lança Anthony.

— OK Anthony, on te croit.

— Maintenant que tout est clair, je veux savoir si vous êtes partants pour m'aider à sauver ces enfants ? Si vous ne voulez pas participer, je le comprendrais parfaitement ; mais si vous acceptez de me suivre, vous devrez appliquer mon plan à la lettre. Alors ? demanda Catarina, un peu inquiète.

— Nous te suivons, répondirent-ils tous en chœur.

— Merci les amis. Allons nous préparer. Inspecteur Renoir, vous vous chargez de donner les gilets pare-balles et les armes à vos amis, tandis qu'Anthony et ses collègues vont chercher à la caserne tout ce dont ils pourraient avoir besoin pour soigner des blessures par balle.

— Ce ne sera pas nécessaire, nous avons tout ce qu'il faut dans notre camion.

Le chef nous l'a laissé ; si on a besoin d'aide supplémentaire, les autres sont prêts à intervenir ; ils peuvent être là en deux minutes.

— Parfait. Nous n'avons plus qu'une chose à faire, nous rendre tous au centre de contrôle de la RATP qui se trouve à Châtillon-Montrouge, sur la ligne 13. Nous y verrons le directeur pour nous assurer qu'ils n'entreprennent pas de travaux sur ce quai, puis nous lui expliquerons ce qui va se passer à la station Croix-Rouge. Après lui avoir exposé notre plan dans ses moindres détails, nous lui demanderons son aide afin que tout se déroule au mieux. Quant à vous, monsieur Deforge, vous allez rejoindre avec toute votre équipe la station Javel et vous attendrez notre arrivée sur le quai. Tenez-vous prêts à monter dans le wagon dès que nous arriverons, vous aurez à peine deux stations pour vous préparer.

Tout se passa comme Catarina l'avait prévu. L'Inspecteur Renoir réquisitionna le centre de contrôle pour l'aider dans la libération des otages. Le personnel de la RATP créa une plateforme pour le wagon de queue du dernier métro, après avoir enlevé la cabine conducteur.

— Vous savez que ça ne tiendra pas indéfiniment ; mais au moins vous serez isolée du courant électrique ; au cas où ça céderait sous le poids, vous serez harnachée pour vous éviter de tomber sur les rails et d'être électrocutée.

— J'ai juste besoin que ça tienne assez longtemps pour que je lance mon hameçon et ramène avec moi la bâche qui est tendue sur le quai.

Quant à vous messieurs, ajouta Catarina à l'adresse de ses troupes, vous allez vous séparer en deux groupes dans les tunnels du métro. Vous commencerez votre progression lorsque le wagon qui précèdera le nôtre sortira de la station Sèvres-Babylone. Le premier groupe progressera sur les voies de Sèvres-Babylone vers Croix-Rouge aussi silencieusement qu'il pourra, tandis que le deuxième groupe ira en sens inverse, descendra le long des voies et ira de Mabillon jusqu'à la station Croix-Rouge. Lorsque vous ne serez plus qu'à quelques mètres, vous attendrez que j'entraîne avec moi l'énorme bâche, ensuite vous pourrez intervenir. Vos portables devront être en mode silencieux afin qu'aucun son ne dévoile votre présence ; n'oubliez pas : vous ne devrez entrer en action que lorsque j'aurai enlevé la bâche. Dès que vous nous entendrez arriver, Charles, Christophe, Serge, Philippe et Arthur vous vous mettrez en position de tir, et vous, mes amis pompiers, vous vous coucherez au sol pour ne pas être exposés à une balle perdue. Lorsque nous arriverons dans le tunnel qui mène à Mabillon, toi Anthony, tu tireras le signal d'alarme pour que le métro s'arrête et qu'on prévienne l'Inspecteur Renoir qu'il doit couper le courant sur les voies. Tout le monde est prêt ?

— Nous sommes prêts. On se retrouve tout à l'heure.

Quand arriva le moment d'entrer en action, les tireurs d'élite embarquèrent comme prévu dans le métro qui leur permettrait de prendre l'avance nécessaire à leur plan. À l'heure dite, Catarina s'établit sur la plateforme, mais avant qu'elle ne passe son harnais, Anthony lui tendit le gilet pare-balles que l'Inspecteur Renoir avait prévu pour elle.

— Que veux-tu que je fasse de ça ?

— Que tu l'enfiles, pardi.

— Anthony, si je mets ce gilet, ça va plus me gêner qu'autre chose ; pour mener à bien ma pêche, j'ai besoin d'être libre de mes mouvements.

— De deux choses l'une : soit tu passes ce gilet en Kevlar, soit j'annule tout ; à toi de voir.

— Ça va, donne-le-moi ! Mais si je rate ma prise, ce sera ta faute !

— J'en assumerai l'entière responsabilité.

Une fois le gilet enfilé, Anthony lui passa le harnais et attacha chaque extrémité aux sièges qui étaient à l'intérieur ; avant d'aller rejoindre les mannequins dans l'autre wagon, il embrassa longuement Catarina pour lui souhaiter bonne chance.

À la station Javel, Jean-Marc Deforge, les mannequins ainsi que les photographes étaient montés dans le wagon. La musique en provenance d'un lecteur de cassettes se déchaînait à plein volume ; les photographes mitraillaient les mannequins qui posaient, riaient aux éclats, dansaient ; les fenêtres du wagon étant toutes ouvertes, le chahut résonnait dans le tunnel plusieurs stations avant que la rame arrive à hauteur de la station Croix-Rouge. Catarina, qui était en position depuis une bonne demi-heure, se leva de son perchoir pour assurer son geste, et, d'un mouvement souple du poignet, envoya le plomb et les hameçons droit sur la bâche. Lorsqu'ils se furent accrochés, Catarina tira pour ramener le tout vers elle, comme le ferait un pêcheur avec sa prise. Les fillettes et leurs ravisseurs apparurent sur le quai.

Revenu de sa surprise, l'un des criminels saisit son arme et tira plusieurs coups de feu sur Catarina, la blessant au bras gauche, au ventre et à la jambe droite. Sous l'impact des balles, elle s'effondra sur la plateforme, tandis que les anciens du RAID tiraient sur les ravisseurs. En quelques secondes, les quatre hommes furent abattus.

Anthony, qui était dans le deuxième wagon, assista impuissant à l'échange de coups de feu et, comme convenu lorsque le dernier wagon entra dans le tunnel, il tira sur le signal d'alarme pour arrêter le métro et que le conducteur prévienne l'Inspecteur de couper le courant.

Lorsqu'il vit Catarina tomber sur la plateforme, il crut qu'elle s'était mise en sécurité, mais ne la voyant pas bouger, il comprit que quelque chose de plus grave était arrivé. Immédiatement, il ouvrit les portes de communication pour arriver jusqu'à elle et détacha le harnais qui la maintenait prisonnière sur la plateforme. Lorsqu'il posa ses mains sur elle, il sentit un liquide chaud et poisseux sur ses mains et constata avec horreur qu'elle était blessée. Il la transporta à l'intérieur du wagon et hurla qu'on lui apporte son sac à dos. Il allongea Catarina sur le sol, vérifia sa respiration et constata qu'elle ne respirait plus.

— Ah non ! Tu ne vas pas me refaire le coup ! Tu as intérêt à retrouver ton souffle ou c'est moi qui vais te tirer dessus.

Il enleva le gilet en Kevlar qui avait arrêté le projectile au niveau du ventre, et immédiatement Catarina retrouva sa respiration, comme si on lui avait enlevé un corset trop serré. Elle toussa ; Anthony ressentit un immense soulagement et, les larmes aux yeux, il la serra dans ses bras.

— Anthony, j'étouffe !

— Ça t'apprendra à me faire des peurs bleues.

— Les enfants ! Comment vont les enfants ?

— Je n'en sais rien ; ce qu'il faut, pour l'instant, c'est arrêter tes saignements à l'épaule et à la jambe ; quant au ventre, tu auras un énorme bleu qui te fera mal pendant plusieurs jours, mais heureusement tu n'as rien de cassé. Tu sais, Catarina, au rythme où tu mènes tes enquêtes, d'ici peu tu ne seras plus de ce monde. Je vais finir par croire que tu as neuf vies comme les chats. J'aurais plutôt intérêt à t'épouser avant la neuvième et à te faire prendre une assurance-vie. Comme ça, quand tu auras épuisé toutes tes vies, je serai riche.

— Ah oui ? répondit-elle en tentant de garder son sérieux. Eh bien j'ai l'intention de vivre beaucoup plus longtemps que toi, rien que pour que tu ne touches jamais cette assurance-vie.

— Tu n'oserais pas, mon cœur ?

— Je vais me gêner !

Elle le prit par le cou pour l'embrasser tendrement.

— Ah, il y a du mouvement dehors ! On vient vers nous.

— Tu arrives à distinguer de qui il s'agit ?

— Pas encore, attends... ce sont les enfants, mes compagnons les ramènent jusqu'à nous. Reste là et ne bouge pas, je vais les aider à monter à bord.

Anthony ouvrit la porte du wagon et hissa une à une les fillettes, ensuite ce fut au tour de ses compagnons de monter à bord, et pour finir les anciens du RAID. Lorsqu'ils furent tous réunis, sains et saufs, Anthony appela le conducteur grâce au bouton d'appel qui se trouvait sous le signal d'alarme dans le wagon.

— On peut rebrancher le courant et rejoindre la prochaine station. Prévenez l'Inspecteur Renoir que les enfants sont hors de danger et qu'ils vont bien. Nous avons une blessée, Catarina, qui a reçu deux balles, une dans l'épaule et l'autre dans la jambe ; il faut prévenir la caserne pour qu'on vienne la chercher à Mabillon au plus vite.

— Bien, monsieur, je passe immédiatement le message.

— Catarina ! Oh ma belle, réveille-toi, ce n'est pas le moment de t'endormir !

Anthony était inquiet en voyant le teint blafard de sa fiancée, et plus encore quand il vit que ses battements cardiaques étaient en train de diminuer ; immédiatement, il sortit de son sac son défibrillateur. Il avait l'impression que le métro se traînait. Catarina entendait la voix d'Anthony, mais déjà sa vue se troublait et elle avait perdu connaissance lorsque les pompiers vinrent la chercher à la station Mabillon.

— Je vous accompagne les gars !

— Écoute Anthony, je sais très bien que tu es inquiet pour elle, mais tu as une mission à accomplir et tu ne peux pas tout laisser en plan.

— Que l'un de vous me remplace car je n'ai pas l'intention de la laisser partir seule ! Et n'essayez pas de m'en dissuader, je ne changerai pas d'avis.

Jean-Marc Deforge vint alors lui dire de partir tranquille avec Catarina à l'hôpital ; il allait emmener les orphelines délivrées chez lui, dans ses ateliers.

— L'endroit se trouve en dehors de Paris, dans la ville d'Eaubonne. Les fillettes seront réparties dans différents véhicules pour passer inaperçues, et comme il y a un immense parking, nul ne se rendra compte que nous les cachons là-bas. Je préviendrai l'Inspecteur Renoir de ce changement de programme.

— Surtout, qu'elles restent là-bas jusqu'à demain après-midi, car un complice court toujours, que nous n'avons pas encore identifié. Dans quelques heures, ce ne sera plus qu'un mauvais souvenir.

— Je ferai comme vous le dites, Anthony ; surtout, prenez soin de Catarina, car c'est vraiment quelqu'un d'exceptionnel.

— Bien sûr, monsieur Deforge. Ne vous inquiétez pas.

— Allez, ne perdez pas de temps, votre fiancée a besoin de soins au plus vite.

Anthony partit avec ses compagnons à l'hôpital de la Salpêtrière. Catarina fut immédiatement conduite en salle d'opération, où on lui enleva les deux balles qu'elle avait reçues durant l'échauffourée. Anthony et ses amis restèrent en salle d'attente durant toute l'intervention. Alors que le chirurgien les informait que tout s'était bien passé, Gina et son mari arrivèrent en compagnie du chef des pompiers.

— Comment va Catarina ?

— Elle va bien ; elle vient tout juste de sortir du bloc opératoire et tout s'est bien passé ; elle est actuellement en salle de réveil.

— Je dois la voir !

Et Gina s'en fut avec Anthony trouver le médecin des urgences. Ce dernier, qui avait déjà eu affaire à Gina lorsque Catarina avait été blessée lors de sa première enquête, n'essaya même pas de la raisonner.

— Je veux bien vous laisser la voir, mais cinq minutes, pas une de plus.

— C'est tout ce que je demande.

Le médecin, qui connaissait Anthony, l'autorisa à conduire Gina près de sa nièce.

Après l'avoir vue de près, Gina fut rassurée car même endormie, elle savait que Catarina était hors de danger. Elle resta cinq minutes près d'elle, et avant de sortir de la salle de réveil l'embrassa sur le front. Sous le regard vigilant de l'infirmière, Gina et Anthony retournèrent en salle d'attente. Anthony remercia son chef d'être allé chercher Gina et son mari.

— Tu ne pouvais pas être à deux endroits en même temps, et Guillaume étant pris ailleurs, c'était donc à moi de leur expliquer la situation et de les amener ici. Quelles sont les nouvelles au sujet de Catarina ?

— Elle est toujours endormie et sous monitoring, mais ça devrait aller.

— Ça, je n'en doute pas ; c'est une vrai battante, cette fille-là.

— Je le sais, c'est ça, le problème : elle se met toujours dans des situations impossibles. Je vais finir par avoir des cheveux blancs avant l'heure.

— Dans ce cas, bon courage mon garçon, tu en auras besoin, répondit le chef des pompiers en riant. Désolé de vous laisser, mais je dois retourner à la caserne car je suis d'astreinte.

— Gina, dit Anthony, vous devriez rentrer chez vous et vous reposer un peu, car dans quelques heures vous allez ouvrir le restaurant et vous n'aurez pas dormi de la nuit. Catarina va bien, je vous promets de vous appeler dès qu'elle se réveillera.

— Permettez que je vous ramène chez vous, proposa le chef des pompiers.

— Tu nous appelles, Anthony !

— Promis.

— Dans ce cas j'accepte votre offre.

Après avoir pris congé des autres pompiers, Gina et son mari repartirent chez eux.

Les heures passaient avec une telle lenteur qu'Anthony avait l'impression que le temps s'était figé. La nuit était bien avancée lorsque le médecin de garde vint le chercher pour l'amener près de Catarina.

— Alors ma belle, tu as l'intention de me faire mourir plus tôt que prévu ou quoi ?

— Anthony ? Mais où est-ce que je suis ?

— À la Salpêtrière.

— À l'hôpital ? Oh, mon dieu ! Les fillettes !

— Elles vont bien, elles sont toutes saines et sauves et en sécurité dans l'atelier de Monsieur Deforge.

— Tant mieux ! Quelle heure est-il ?

— Il est trois heures du matin.

— Ça va, j'ai encore quelques heures devant moi.

— De quoi parles-tu ?

— Je dois me rendre à midi à la cathédrale Notre-Dame.

— Sûrement pas !

— Anthony, si je ne fais rien, Christophe Masure mourra et ça, jamais je ne me le pardonnerai.

— Tu es incapable de marcher !

— J'irai ; en fauteuil roulant s'il le faut, mais j'irai! Tu es avec moi ou pas ?

Anthony savait qu'il ne servait à rien de chercher à lui faire entendre raison car elle n'en faisait jamais qu'à sa tête.

— Soit, j'irai avec toi ; mais repose-toi avant, tu en as grand besoin.

À peine avait-il terminé sa phrase qu'elle sombra dans un profond sommeil.

Chapitre 11
Immunité diplomatique

Il était à peine huit heures du matin lorsque l'Inspecteur Renoir vint rendre visite à Catarina dans sa chambre d'hôpital. Il trouva Anthony à son chevet.

— Bonjour Anthony, comment va-t-elle ?

— Elle va bien ; elle dort pour l'instant, mais elle a la ferme intention de terminer son enquête.

— Ça ne m'étonne pas d'elle. Je crois avoir découvert qui a renseigné les ravisseurs.

— Et de qui s'agit-il ? demanda Catarina, encore à moitié endormie.

— D'Albert, le laitier ! C'est la seule personne que la mère supérieure laissait entrer à l'orphelinat. Il connaissait les habitudes des religieuses.

— Comment le savez-vous ?

— Parce qu'il me l'a dit lorsqu'il est venu au commissariat chercher de l'aide.

— Où est-il actuellement ?

— Sûrement en train de livrer ses clients.

— Alors il faut absolument qu'on aille le chercher et qu'on l'interroge sur son implication dans cette affaire.

— J'ai déjà envoyé des agents le chercher à la Ferme de Normandie.

— Bien, laissez-moi m'habiller et je vous suis.

— Tu es vraiment sûre d'être en état ?

— Je ne pourrai pas vous suivre à pied, nous perdrions trop de temps ; par contre en fauteuil roulant, c'est tout à fait possible.

— D'accord, je te laisse te préparer, pendant ce temps je m'occupe de tes papiers de sortie. J'essaie aussi de t'avoir des béquilles et un fauteuil roulant pour la journée.

— Ce sera parfait. Anthony, tu n'as pas prévenu tante Gina, n'est-ce pas ?

— Mon chef l'a amenée à l'hôpital avec ton oncle pendant que tu étais en salle de réveil. Le médecin de garde, qui la connaît depuis ta première blessure, lui a permis de te voir cinq minutes. J'ai réussi à la convaincre de rentrer chez eux, en lui promettant de la prévenir dès que tu serais réveillée. C'est très exactement ce que je vais faire.

Il ne lui laissa pas le temps de protester et composa le numéro de Gina.

— Allô Gina, c'est Anthony !

— Comment va Catarina ?

— Elle va bien ; tenez, je vous la passe ; comme ça, vous pourrez lui parler.

Anthony tendit le téléphone à sa fiancée.

— Allô chérie, tu vas bien ?

— Je vais bien tante Gina, ne t'en fais pas.

— Nous viendrons te voir tout à l'heure, ma chérie.

— Non !

— Comment ça, non ?

— En fait, je ne serai plus là tout à l'heure, expliqua-t-elle quelque peu gênée.

Car je sors de l'hôpital d'ici peu, dès que mes papiers de sortie auront été signés par le médecin.

— Mais tu es blessée et tu as perdu beaucoup de sang !

— Ne t'inquiète pas pour ça, je ne vais pas courir le marathon ; en plus, je serai dans un fauteuil roulant et mes déplacements se feront en voiture, en compagnie d'Anthony et de l'Inspecteur Renoir. Tante Gina, je dois boucler mon affaire et sauver l'homme qui m'a embauchée. Il ignore que les petites sont saines et sauves et si je ne veux pas que tout recommence, je dois coincer l'instigateur de ces crimes. Et ça ne pourra avoir lieu qu'à midi.

— Tu seras prudente ?

— Comme toujours.

— Bon ; mais tant que je ne te verrai pas à la maison, je ne serai pas rassurée.

— Tu me verras bientôt, sois tranquille.

Après avoir raccroché, Catarina s'adressa à Anthony :

— Tu pensais que ma tante me dissuaderait de continuer mon enquête ?

— Il fallait bien que je tente le coup.

— Merci.

— Mais de quoi ?

— D'être toi-même mon chevalier servant.

— Quel chevalier servant ! Je n'ai pu éviter que ma fiancée se fasse tirer dessus.

— Hé mon cœur, tu n'y es pour rien ; je savais que je prenais des risques lorsque j'ai accepté cette affaire, et plus encore lorsque j'ai mis mon plan à exécution.

— Catarina, je ne veux pas te perdre, je t'aime, dit-il, la voix chargée d'émotion.

— Je t'aime moi aussi, répondit-elle le cœur plein d'amour. Anthony, ajouta-t-elle doucement pour le tranquilliser, ton métier est beaucoup plus dangereux que le mien, et pourtant je ne me mine pas chaque fois que tu vas sur le terrain, car je sais que tu prends toujours la bonne décision et la moins risquée. Sauf le jour où tu es tombé amoureux de moi !

— Il faut dire que je n'avais pas trop le choix. Tu es une véritable héroïne.

Comment aurais-je pu résister ?

— Allez, va préparer ma sortie pendant que je m'habille.

— Tu es sûre d'y arriver toute seule ?

— Si jamais je n'y arrive pas, je t'appellerai à mon secours.

Elle l'embrassa tendrement avant de le mettre dehors. À peine était-il sorti qu'on frappa à la porte.

— Entrez !

— Je suis venu t'apporter des affaires de rechange, dit l'Inspecteur Renoir en entrant.

— C'est très gentil de votre part ; c'est vrai que des vêtements couverts de sang ne sont pas très appropriés pour interroger d'éventuels suspects.

— Je ne te les ai pas données tout à l'heure car je pensais que tu resterais hospitalisée quelques jours. Mais maintenant que ce n'est plus d'actualité…

—Vous avez vu les fillettes ?

— Oui, elles vont très bien ; elles ont eu peur, ce qui est normal, mais Monsieur Deforge et toute son équipe veillent sur elles. Nous en parlerons plus tard ; pour l'instant, je vais te laisser t'habiller.

— Merci pour les vêtements.

— Y a pas de quoi ; j'espère seulement qu'ils ne seront pas trop grands.

— Ils iront très bien !

Catarina sortit de son lit avec beaucoup de difficulté tant elle souffrait de l'épaule, de la jambe et du ventre ; mais elle prit sur elle et serra les dents en s'habillant lentement pour ne pas trop souffrir. Les vêtements étaient deux tailles trop grandes, mais cela ne la dérangeait pas car avec les pansements qu'elle portait à la jambe et à l'épaule, elle aurait été incapable de passer des vêtements à sa taille.

Une demi-heure plus tard, elle était prête à quitter l'hôpital, contre l'avis du médecin cependant. Afin qu'elle ne souffre pas trop, il lui avait prescrit des antidouleurs et une béquille pour marcher, tout en lui déconseillant de trop s'appuyer au sol car cela risquait de faire sauter les points de suture.

De son côté, Anthony avait réussi à se procurer un fauteuil roulant. C'est dans cet appareillage que Catarina quitta l'hôpital pour rejoindre l'Inspecteur Renoir à son véhicule. À peine avait-il démarré qu'il reçut un coup de fil des agents qu'il avait envoyés à la Ferme de Normandie chercher Albert, le laitier.

— Oui !

— Monsieur, nous sommes sur place et personne n'a vu le laitier depuis une bonne semaine.

— Qu'est-ce que c'est que cette histoire ? Il était au commissariat voilà deux jours pour demander notre aide ! Demandez-leur son adresse, j'ai bien l'intention de tirer cette affaire au clair.

— Bien, monsieur. Dès que nous l'avons, nous vous rappelons.

— Parfait, j'attends votre appel.

Moins de cinq minutes plus tard, l'information arriva :

— Monsieur, il habite au 13, place Victor-Hugo à Saint-Denis, au troisième étage.

— Parfait, je m'y rends immédiatement, venez me retrouver là-bas.

— Bien monsieur, à tout de suite.

Arrivé à l'adresse indiquée, l'Inspecteur monta au troisième étage de l'immeuble qui en comptait quatre. Il frappa à la porte ; personne ne répondit, mais comme il insistait, la voisine d'à côté finit par ouvrir sa porte pour le prier d'arrêter de tambouriner de la sorte car personne ne viendrait lui ouvrir.

— Bonjour, madame, je suis l'Inspecteur Renoir et je voudrais savoir depuis combien de jours vous n'avez pas vu M. Albert Durand.

— Cela fait bien une semaine. Depuis qu'il a reçu la visite d'un ami, je crois.

— Avez-vous entendu ou vu quelque chose de suspect ?

— Non.

— Je vais vous montrer des portraits-robots et vous me direz si vous avez déjà vu ces personnes, ici ou dans les environs.

— Bien sûr.

L'Inspecteur prit son téléphone et appela Catarina, qui était restée en bas, pour lui demander si elle pouvait lui envoyer par MMS les portraits-robots des quatre criminels qui avaient enlevé les pensionnaires de l'orphelinat Sainte-Catherine. En moins de deux minutes, il reçut les quatre portraits, qu'il montra à la voisine du laitier.

— Non, je n'ai jamais vu ces hommes.

— Pourriez-vous me décrire la personne qui est venue rendre visite à M. Durand ?

— Non, je regrette, je n'ai pas fait attention. Par contre, j'ai remarqué que depuis plusieurs jours il y a de mauvaises odeurs qui viennent de l'appartement de mon voisin. J'ai l'impression qu'il a eu une panne de courant et que tout ce qu'il avait dans son frigo et son congélateur est en train de s'abîmer. Si je vous dis ça, c'est parce que je l'ai déjà vécu. Je l'ai signalé à la concierge, mais elle m'a dit qu'on ne pouvait rien faire et qu'il fallait attendre son retour.

— A-t-il l'habitude de s'absenter aussi longtemps ?

— Non, pas à cette période de l'année ; lorsqu'il doit s'absenter, il vient toujours me prévenir pour que je surveille son appartement.

— Et cette fois-ci, ce n'était pas le cas ?

— Non, je ne l'ai pas vu.

Les propos que venait de lui tenir la voisine d'Albert Durand ne disaient rien qui vaille à l'Inspecteur. D'un pas décidé, il alla retrouver Catarina et Anthony.

— Alors, vous l'avez interrogé ? demanda Catarina.

— Non, je ne l'ai pas vu. J'ai un mauvais pressentiment : on pourrait bien trouver son cadavre dans l'appartement.

— Qu'est-ce qui vous fait dire ça ?

— La voisine se plaint d'une odeur nauséabonde venant de chez lui. Anthony, pourriez-vous ouvrir la porte de l'appartement ?

— Avec une hache, sans aucun problème ; seulement là, je n'ai rien pour la faire sauter et ce n'est pas d'un coup d'épaule que j'y parviendrai. Par contre, je peux demander à mes hommes de venir ; ils pourront ouvrir, eux, et sans mandat. Ils ont le droit de fracturer une porte s'ils pensent qu'une personne est en danger.

— D'accord, appelez-les et demandez-leur de venir au plus vite.

Moins de vingt minutes plus tard, une voiture de pompiers était sur place. Ils eurent plaisir à voir Catarina et Anthony ensemble, car la dernière fois qu'ils avaient pris des nouvelles de la jeune femme, elle était en salle d'opération à cause des deux balles qu'elle avait reçues dans le corps au moment de la libération des fillettes de l'orphelinat.

Anthony prit une des haches et monta à la suite de l'Inspecteur Renoir pour forcer la porte d'Albert Durand.

Deux coups de hache firent sauter la serrure, et ils purent entrer. À peine la porte ouverte, une forte odeur de pourriture s'exhala.

L'Inspecteur suivit l'odeur jusqu'à la salle de bain, où il trouva un corps sans vie. La baignoire était remplie d'eau et l'homme avait la tête plongée dedans, tandis que le corps était à l'extérieur. Il avait les mains liées dans le dos et les chevilles attachées.

— On dirait qu'il a été torturé et qu'ensuite ils se sont débarrassés de lui, remarqua l'Inspecteur.

Pour s'assurer qu'il s'agissait bien du laitier, il prit une photo encadrée sur laquelle il figurait pour aller la montrer à la voisine, qui attendait sur le palier.

— L'homme qui est sur cette photo est bien celui qui habite ici ?

— Oui, c'est bien lui.

Tout à coup il comprit que c'était pire que ce qu'il croyait. L'homme qui était venu au commissariat, se faisant passer pour le laitier, était de mèche avec les quatre ravisseurs et il était aussi l'assassin. Il s'était servi de la police pour que l'évènement soit connu de toute la France, comme un fait divers retentissant.

— Cette ordure a voulu faire passer un message, et moi, idiot que je suis, je suis tombé dans le panneau ! Merci pour votre aide, madame ; pourriez-vous passer au commissariat cet après-midi pour faire votre déposition et surtout pour identifier une autre personne, dont je vous montrerai la photo.

— Mais bien sûr.

L'Inspecteur Renoir prit son téléphone et appela les techniciens de la police scientifique. À peine avait-il raccroché que les deux agents qu'il avait envoyés à la Ferme de Normandie arrivèrent.

— Ah, vous tombez à pic ! Vous allez délimiter le périmètre. Personne ne doit entrer dans cet appartement à part la police scientifique. J'enverrai tout à l'heure des agents vous relever. Lorsque vous rentrerez au commissariat, vous emmènerez avec vous la dame qui habite sur ce palier.

— Bien Inspecteur.

L'Inspecteur Renoir et Anthony descendirent retrouver Catarina.

— Alors, qu'avez-vous trouvé ?

— Le véritable Albert Durand est mort dans sa salle de bain ; il a été torturé et noyé dans sa baignoire.

— Et cela fait probablement une semaine, observa Catarina.

— Oui, d'après sa voisine. Je viens tout juste de comprendre que l'homme qui a usurpé son identité s'est servi de moi pour faire passer un message qui puisse être entendu partout : « J'ai enlevé les trente fillettes de l'orphelinat Sainte-Catherine ! » Mais pourquoi avoir enlevé tout ce monde ? Ce n'est pas cohérent, ce sont des orphelines qui n'ont aucune famille ! À moins que ce ne soit pas le cas pour toutes ? Catarina, tu disais que les criminels recherchaient deux personnes ?

— Oui.

— Qui ? Deux fillettes ? Une mère et sa fille ? Car après tout n'importe quelle femme peut se faire passer pour une religieuse. En tout cas, ces personnes ont beaucoup de valeur à leurs yeux, sans ça jamais ils n'auraient pris autant de risques pour les retrouver. Ils veulent obtenir quelque chose d'elles, mais quoi ? Catarina, tu m'as bien dit que tout serait résolu aujourd'hui à midi et qu'il fallait absolument qu'on retrouve les fillettes avant. Pourquoi ? Ils devaient sûrement vouloir les utiliser comme monnaie d'échange. Du moins c'est la seule explication que je voie. Sinon pourquoi avoir dépensé autant d'argent ? Catarina, qui est ton client ?

— Je n'en sais rien ; j'ai juste été engagée pour retrouver saines et sauves les fillettes de l'orphelinat Sainte-Catherine. Je savais que leur vie était en danger et que le temps m'était compté.

— Sais-tu comment le joindre ?

— Malheureusement non.

— Il ignore donc que les fillettes ont été libérées ?

— Oui, et je crains qu'il soit lui aussi en danger. Seulement voilà, j'ignore à quoi il ressemble, tout comme j'ignore à quoi ressemble l'instigateur de toute cette affaire.

— Peut-être pas !

— Comment ça, « peut-être pas » ?

— Il se trouve qu'au commissariat nous avons une caméra qui filme l'accueil en permanence. Nous avons dû en installer une en prévision d'éventuelles agressions. Disons que devant la loi, cette preuve est irréfutable. Il se trouve que ces enregistrements sont gardés quinze jours avant d'être effacés.

— Ce qui veut dire que l'homme a été filmé ?

— Oui et nous allons pouvoir vérifier.

L'Inspecteur Renoir conduisit Anthony et Catarina au commissariat pour qu'ils aient accès aux vidéos des trois derniers jours ; après en avoir visionné plusieurs, ils trouvèrent celle qui les intéressait. En faisant un arrêt sur image, Catarina put faire une photo avec son téléphone, qu'elle envoya sur le téléphone de l'Inspecteur.

— As-tu déjà vu cet homme quelque part ? lui demanda-t-il.

— Jamais, mais maintenant je connais l'instigateur de toute cette affaire.

Avec la reconnaissance faciale, vous pourriez trouver la véritable identité de cet homme ?

— S'il est recherché ou s'il a déjà fait de la prison, sans aucun doute.

Catarina voyait le temps s'égrener inlassablement ; elle n'avait plus que deux heures devant elle pour sauver Christophe Masure de la mort que lui réservait le prince Giafar Salam.

L'Inspecteur avait du mal à croire tout ce qu'elle disait. Il était persuadé qu'elle en savait plus qu'elle ne voulait le dire. Il savait qu'elle ne pouvait se déplacer que lentement à cause de ses blessures, mais que malgré tout elle risquerait sa vie pour mettre hors d'état de nuire le cerveau de l'affaire.

— Catarina, je sais que tu ne me dis pas tout, aussi tu as deux options : soit tu me racontes ce que j'ignore, soit je te mets en garde à vue pour obstruction à une enquête criminelle !

— Vous plaisantez, j'espère ! protesta-t-elle, alarmée.

— Je veux savoir ce qui se passe ! Et je te préviens, je ne veux pas d'explication vaseuse. Je dois le reconnaître, tu es une très bonne enquêtrice et c'est bien grâce à toi qu'on a libéré ces trente fillettes ; mais maintenant tu vas me dire tout ce que tu sais.

— Inspecteur, vous ne pouvez pas lui faire ça ! intervint Anthony, qui s'inquiétait.

Catarina, il ne nous reste plus qu'une heure et demie !

— Ça va ! Je ne connais pas l'identité de mon client, je sais juste qu'il devait se livrer aux ravisseurs à midi, devant la cathédrale Notre-Dame.

— Et tu aurais fait comment pour empêcher ça alors que tu es à moitié estropiée ?

Qui est cet homme ? demanda l'Inspecteur, furieux.

— C'est un architecte.

— Son nom ?

— Il s'appelle Christophe Masure ; c'est le père de Janira et le mari de Davinia, qui se faisait passer pour sœur Mercedes. Aucun policier ne doit se trouver dans les parages ; sans quoi, il y aura un massacre.

— D'accord ; des policiers en civil joueront les touristes sur le parvis de Notre-Dame. Qui est le faux Albert alors ?

— Je n'en sais rien.

— Tu mens !

— Non je vous assure ; je compte bien l'apprendre quand je serai là-bas. Je peux partir maintenant ?

— Oui tu peux y aller ; je me rendrai moi aussi là-bas avec quelques hommes.

— Pourriez-vous m'appeler un taxi ?

— Oui.

— Merci.

— Nous nous retrouverons là-bas avant midi, lança l'Inspecteur alors que Catarina s'en allait en boitant avec son fiancé.

Moins de cinq minutes plus tard, elle montait dans le taxi et demandait au chauffeur de les conduire à Notre-Dame. Devant la cathédrale, elle scruta toute l'esplanade dans l'espoir de repérer le faux laitier, en vain. Mais au moment où sonnaient les douze coups de midi, elle le vit sortir de la cathédrale, vêtu d'une soutane.

Il avançait d'un pas décidé et Catarina remarqua qu'il avait dans les mains un grand livre en cuir qui ressemblait à la bible que lit le prêtre lors de la messe. Persuadée que ce livre devait cacher à l'intérieur une arme à feu, elle se dirigea clopin-clopant vers le prétendu curé pour lui barrer le chemin avant qu'il ne s'en prenne à Christophe Masure, sans nul doute l'homme qui attendait de pied ferme au beau milieu de la place.

Au même instant, l'Inspecteur Renoir et trois de ses hommes pointèrent leurs armes sur le faux prêtre pour l'obliger à s'arrêter. Sortant alors de nulle part, des hommes vêtus de noir assommèrent les policiers et emmenèrent de force le faux prêtre vers une immense limousine noire aux vitres teintées qui arborait le drapeau de l'ambassade des Émirats arabes unis. Catarina ne s'étonna pas de ce qui venait d'arriver ; lorsqu'elle vit un homme de belle prestance venir vers elle, elle comprit tout de suite de qui il s'agissait.

— Vous êtes bien Maty H, détective privée ?

— Oui, et je présume que vous êtes le prince Schahriar ?

— Tout à fait.

— L'homme qu'on a obligé à monter dans cette voiture est votre frère, n'est-ce pas ?

— En effet.

— Vous l'ignorez peut-être mais il a commis un assassinat sur la personne d'Albert Durand, et la police française le recherche activement pour qu'il réponde de ses actes.

— Il sera jugé pour tout ce qu'il a fait et pour ce qu'il voulait faire, mais ce jugement n'aura pas lieu en France, où il jouit de l'immunité diplomatique ; il partira donc avec moi.

Catarina ne dit rien ; elle savait que plus jamais personne n'aurait à craindre quoi que ce soit de la part du criminel, car ses machinations contre le prince Schahriar allaient lui valoir la mort.

— Merci de m'avoir prévenu de ce qui se tramait, ajouta le prince. Ma famille et moi-même avons une dette envers vous : vous nous avez sauvé la vie et je vous en serai éternellement redevable. Si un jour vous avez besoin, vous n'aurez qu'à faire appel à moi. Avez-vous réussi à sauver les fillettes de l'orphelinat ?

— Oui, elles sont toutes saines et sauves et Davinia, la femme de votre architecte, aussi. Nul n'a été blessé.

— À part vous, d'après ce que je vois.

— C'est peu de chose.

Au même instant, Anthony s'approcha de Catarina et l'entoura d'un geste protecteur.

— Vous avez beaucoup de chance d'avoir une telle femme à vos côtés, lui dit le prince.

Sans attendre réponse, il alla trouver Christophe Masure.

— Je suis désolé de ce qui vous est arrivé, mon ami ; jamais je n'aurais imaginé que mon propre frère voudrait s'en prendre à moi et à ma famille. Je sais ce qu'il a fait subir à la vôtre et j'en suis vraiment navré, vous ne méritiez pas ça. Malgré la menace qui planait sur votre famille, vous m'êtes resté fidèle. Vous avez dû vous sentir trahi et impuissant à sauver les vôtres et c'est pour cette raison que vous avez fait appel à un détective privé. Votre choix a été des plus judicieux, car en dehors du fait qu'elle soit une femme, son cœur et son courage sont ceux d'un homme ; c'est grâce à cela qu'elle a sauvé votre famille.

En l'entendant prononcer ces mots, l'architecte eut subitement l'impression de respirer à nouveau.

— Je dois vous laisser à présent mon ami ; lorsque vous quitterez la France, vous n'aurez qu'à prendre le jet privé de mon frère, que je laisse à votre disposition pour vous conduire où bon vous semblera.

— Merci, Prince. Je vais retrouver ma famille et dès que les obsèques de ma sœur auront eu lieu, je partirai.

— Peut-être nous reverrons-nous bientôt, qui sait ?

Sur ce le prince Schahriar regagna sa limousine qui les conduisit, lui, son frère et ses hommes de main à l'aéroport pour rentrer dans leur pays.

— Mademoiselle Maty H… , commença l'architecte.

— Appelez-moi Catarina, et voici mon fiancé Anthony.

— Merci de m'avoir aidé, Catarina, et surtout d'avoir sauvé ma famille. Car elles sont bien saines et sauves, n'est-ce pas ?

— Oui, votre fille et votre femme vont bien et vous les retrouverez dans quelques heures. Par contre, je suis sincèrement désolée pour la mort de votre sœur.

— Je vous remercie ; je n'arrête pas de me dire que si elle est morte c'est entièrement de ma faute.

— Je ne dirais pas ça, mais plutôt qu'elle a donné sa vie pour sauver son frère et sa famille. En refusant de désigner à ses agresseurs votre femme et votre fille, elle leur a sauvé la vie. C'est cela que vous devrez garder en mémoire. Votre femme m'a dit que vous ne gardiez rien chez vous qui aurait pu mener jusqu'à votre sœur ?

— C'est exact ; et je comprends d'autant moins comment ils ont réussi à remonter jusqu'à elle.

— C'est le cadeau que vous lui avez fait.

— Le cadeau ?

— Oui, tous les livres que vous avez envoyés aux fillettes de l'orphelinat vous ont trahi, car nul ne dépense autant et n'envoie une telle quantité de livres neufs pour de parfaits inconnus. Sauf si ces supposés inconnus leur sont très chers. Ils ignoraient qu'elle était votre sœur, sans ça jamais ils ne l'auraient tuée ; il l'aurait plutôt utilisée pour vous attirer ; au lieu de cela, ils ont tenté de la faire parler. Par contre il y a quelque chose qui m'intrigue : comment ont-ils réussi à vous faire passer le message ?

— Le message ? Quel message ?

— La date et l'heure du rendez-vous, pardi.

— Ah, ça ? Eh bien, lorsque les religieuses ont été conduites dans les différents hôpitaux, je m'y suis rendu dans l'espoir d'avoir des nouvelles de ma femme. Ce que j'ignorais alors, c'est que ces hommes surveillaient l'entrée de l'hôpital de la Salpêtrière... Lorsqu'ils m'ont vu franchir la porte pour m'informer de l'état de santé des religieuses, ils ont appelé l'accueil en leur disant qu'ils avaient un message urgent pour le docteur Michael Angelo. Et c'est là qu'ils m'ont dit qu'ils avaient les petites et que si je ne me livrais pas en échange aujourd'hui à midi devant la cathédrale Notre-Dame, ils les tueraient et jetteraient leurs corps dans la Seine. En apprenant que j'étais ainsi surveillé, ou plutôt que les trois établissements l'étaient, j'ai renoncé à mes visites et je suis sorti de l'hôpital par le service des urgences afin qu'ils ne retrouvent pas ma trace.

— Et vous avez réussi. Bon, maintenant il va falloir aider l'Inspecteur Renoir à reprendre ses esprits. Je ne saurais trop vous conseiller de partir, car si, à son réveil, il vous met la main dessus, il ne cherchera pas à comprendre cette histoire ; il vous mettra en garde à vue sans autre forme de procès.

Laissez-moi le temps de lui expliquer que les criminels vous ont pris pour le fils d'un émir d'Arabie Saoudite, et qu'ils comptaient échanger les fillettes contre vous pour ensuite réclamer une forte rançon en échange de votre vie.

— Vous pensez qu'il vous croira ?

— Oui ; lorsqu'il sera enfin calmé, vous pourrez aller le voir. Mais surtout ne changez rien à ce que l'on vient de mettre au point.

Après, vous n'aurez qu'à lui dire que vous aviez comme camarade d'études le fils de l'émir et que vous êtes restés bons amis.

— Oui, il devrait avaler cette histoire.

— Vous direz qu'ils sont partis en voyant que vous n'étiez pas celui qu'ils cherchaient.

— Mais les caméras qui sont en train de filmer la place ont tout enregistré.

— Normalement oui ; néanmoins je suis persuadée que le prince Schahriar a fait le nécessaire pour qu'elles tombent toutes en panne durant le temps de ce règlement de compte familial. Allez, sauvez-vous à présent, et si d'aventure vous alliez faire un tour dans le restaurant de ma tante Gina, il se pourrait bien que je vous y retrouve pour vous raconter la suite des événements. Anthony, ça va être à nous d'aider l'Inspecteur Renoir et ses hommes à se remettre.

— Oh, ma tête ! geignait en effet l'Inspecteur. Mais que s'est-il passé ?

— Vous et vos hommes avez été assommés.

— Assommés ! Par qui ?

— Par les hommes du faux laitier, celui-là même qui voulait enlever l'architecte en pensant qu'il était le fils d'un puissant émir d'Arabie Saoudite. En voyant que ce n'était pas le cas, il est reparti furieux et franchement, dans l'état où je me trouve, il m'était impossible de faire quoi que ce soit pour l'arrêter. Quant à Anthony, il avait bien trop à faire à prendre soin de vos hommes.

— J'ai déjà eu à traiter des affaires plus que bizarres, mais des comme ça, jamais !

— Je vais appeler Jean-Marc Deforge pour lui annoncer que tout est fini, que les petites sont hors de danger et qu'il peut nous les amener au pied de la tour Eiffel. Il va sans dire, Inspecteur, que je vous laisse organiser le service de sécurité ; maintenant qu'elles sont tirées des mains de ces criminels, je ne voudrais pas qu'il leur arrive quoi que ce soit.

Vous pourrez avertir les journalistes de notre venue et une fois là-bas, nous donnerons une conférence de presse pour leur annoncer la nouvelle.

— Je m'en occupe immédiatement.

Au pied de la tour Eiffel, à l'endroit même où la veille Jean-Marc Deforge avait fait son défilé Haute Couture, l'Inspecteur Renoir entreprit d'exposer à toute la presse les conclusions de l'enquête.

— Mesdames, messieurs ! Un peu de calme, s'il vous plaît ! Comme je vous l'ai dit tout à l'heure au téléphone, nous avons retrouvé les fillettes qui avaient été enlevées à l'orphelinat Sainte-Catherine et elles sont toutes saines et sauves.

— Nous ? Qui c'est, nous ?

— Eh bien, c'est le fruit d'un travail collectif auquel ont participé la détective Maty H, le couturier Jean-Marc Deforge, ses mannequins, ses photographes et toute l'équipe au complet ; également les pompiers Anthony, Marc et Thomas, d'anciens membres du RAID, le personnel de la RATP, sœur Mercedes, Guillaume et moi-même. Nous avons retrouvé la trace des ravisseurs et délivré les fillettes, qui vont arriver ici sous bonne escorte. Je vous donnerai plus tard le nom complet de toutes les personnes qui ont risqué leur vie dans cette affaire.

— Inspecteur Renoir, si je comprends bien, la détective Maty H a résolu une nouvelle enquête ? demanda un des journalistes.

— Oui, mais comme je viens de vous le dire, elle n'était pas seule ! répondit l'Inspecteur, agacé.

— Mesdames, messieurs les journalistes, ce que vient de vous dire l'Inspecteur Renoir est exact : nous avons tous travaillé ensemble pour retrouver et sauver les fillettes, intervint Catarina pour ne pas minimiser l'aide de ses amis.

— Est-ce comme ça que vous avez été blessée ? demanda un autre journaliste.

— C'est un dommage collatéral ; allons, assez parlé de moi ; soyons fiers d'avoir tant de gens courageux sur qui compter. Mais voyez plutôt qui arrive ! Surtout ne les effrayez pas avec vos questions, elles ont été traumatisées par cette affaire.

Ces fillettes vivent en France, à Paris de surcroît ; elles sont adorables, malheureusement elles sont obligées de vivre enfermées dans un orphelinat faute d'avoir une famille aimante. Je sais qu'il existe beaucoup de gens qui voudraient adopter des enfants, à qui on refuse ce droit parce qu'ils ne sont pas fortunés. Je ne vous dirai qu'une chose : écrivez au président de la République afin qu'il sache que des gens bien, qui ont du cœur, veulent adopter les orphelins de France ; et surtout pour qu'ils ne soient plus obligés d'attendre des années pour pouvoir enfin adopter des enfants à l'étranger.

Sur ce, Catarina alla aider ses amis à faire descendre les fillettes du bus. Ils posèrent tous ensemble quelques instants pour les journalistes. Ensuite, les fillettes remontèrent dans le bus pour être ramenées à l'orphelinat Sainte-Catherine, où les attendaient les religieuses tout juste sorties de l'hôpital.

Le lendemain, l'Inspecteur Renoir reçut au commissariat un couple de touristes japonais qui venaient lui montrer la vidéo qu'ils avaient prise de l'enlèvement sur le parvis de la cathédrale Notre-Dame.

Il visionna toute la vidéo et vit comment le faux laitier avait été enlevé et conduit de force dans une limousine noire arborant le drapeau de l'ambassade des Émirats arabes unis. Il vit aussi l'homme qui l'avait rejoint dans la grande limousine, après avoir parlé avec Catarina et l'architecte Christophe Masure.

L'Inspecteur remercia les touristes japonais de lui avoir apporté cette vidéo et promit de la leur rendre dès qu'il n'en aurait plus besoin. Il avait compris que Catarina lui avait menti, et il comptait bien en découvrir la raison.

Comme promis, Catarina organisa une grande fête dans le restaurant de sa tante Gina quelques jours plus tard pour remercier les personnes qui l'avaient aidée dans son enquête. Elle invita tous les célibataires de la caserne dans laquelle travaillait Anthony, afin que les mannequins de Jean-Marc Deforge puissent pleinement profiter de la fête.

Quelques semaines plus tard, le président de la République organisa à l'Élysée une cérémonie pour décorer toutes les personnes qui avaient participé à la libération des pensionnaires de l'orphelinat Sainte-Catherine. Il leur décerna le grade de chevalier de la Légion d'honneur pour avoir au péril de leur vie sauvé trente fillettes.

Après avoir quitté l'Élysée, l'Inspecteur Renoir alla trouver Catarina.

— Je suppose que Christophe Masure va retourner dans sa maison du Maine avec toute sa famille, et que le prince Schahriar veillera à ce que son frère, le prince Giafar Salam, ne puisse plus jamais faire de mal à personne.

En entendant cela, Catarina comprit qu'il avait tout découvert et elle changea de couleur. Il ajouta seulement :

— Cette fois, l'affaire est classée.

Et avec un sourire en coin, il s'éloigna sans se retourner.

Voyant Catarina toute pâle, Anthony vint lui demander si elle se sentait bien ; elle lui révéla alors que l'Inspecteur était au courant de tous les détails. Mais elle ignorait que c'était grâce au FBI qu'il avait découvert l'identité du faux laitier et du prince Schahriar.

C'est aussi grâce au FBI qu'il avait appris que le prince Giafar Salam avait transporté dans son jet privé, depuis les Émirats arabes unis, les quatre mercenaires qui avaient ensuite enlevé les fillettes de l'orphelinat Sainte-Catherine ; durant son séjour à Paris, il logeait à l'hôtel du Collectionneur, un cinq étoiles dans le 8ème arrondissement. L'Inspecteur s'était résigné à classer l'affaire à cause de l'immunité diplomatique dont jouissait le prince. Il avait su néanmoins, toujours par le FBI, que le prince Giafar Salam ainsi que sa femme et ses enfants avaient disparu sans laisser de traces. Il avait alors compris qu'ils venaient tous de payer de leur vie les crimes que le prince Giafar Salam avait commis.

Après l'enterrement de la mère supérieure, Christophe Masure et sa famille retournèrent en jet privé aux États-Unis, dans leur maison du Maine.

— Et voilà Catarina, une nouvelle enquête bouclée. Je suis sûr d'une chose : personne ne croira jamais que c'est l'Inspecteur Renoir qui a élucidé cette affaire.
— C'est vraiment ce que tu penses, Anthony ?
— Bien sûr !
— Dans ce cas, ne disons rien et laissons-le savourer cette maigre victoire.

FIN

DE LA MÊME AUTRICE
Édité chez BoD

La princesse pirate (version française)
La princesa pirata (version espagnole)
The pirate princess (version anglaise)

La jeune fille et le brigand (version française)
La bella y el bandolero (version espagnole)

1 - Maty H détective privée
2 - Maty H et les disparues de l'orphelinat Sainte Catherine

1 - Un bandit pour que règne la justice
2 - Le prix de la loyauté

L'amour prend souvent des chemins bien tortueux
(sortie du livre décembre 2024)

Mes livres papier et numériques sont référencés et distribués
dans des milliers de librairies physiques et en ligne.
Amazon, Fnac, Cultura, place des libraires, Decitre
Chapitre.com, Google Play, Kobo.

https://livresdemlat.wordpress.com
ecrivainemarialuzat@gmail.com